SUJET INCONNU

DU MÊME AUTEUR

Bianca, roman, Julliard, 2016
Hope, roman, Julliard, 2017
Mue, nouvelles, Holyday Deluxe, 2017

LOULOU ROBERT

SUJET INCONNU

roman

Julliard

ISBN 978-2-260-03246-5
Dépôt légal : août 2018

À Erwan

1.

Je pensais que ma douleur me protégerait de toutes les autres. Je pensais être forte. Plus forte. Que toi. Que tout. Je pensais pouvoir tout arrêter. Partir avant. Avant quoi ? Toi. Toi, tu ne pars pas. Je pensais garder le contrôle. Être lucide. C'est le pire. J'étais lucide.
Je pensais beaucoup. J'avais des certitudes. J'avais tort.

Je devrais commencer par me présenter.
Ce qui vous intéresse est de savoir si cette histoire est vraie. Si la personne qui a écrit cette histoire a vécu cette histoire. Si son cerveau a vrillé comme celui du personnage. Pulsation cardiaque. Boum. Boum. Boum. Si ce cœur était réel. Si ce cœur était le mien. Cette question revient à chaque page. Chaque passage à la radio. Est-ce sa voix ? À la télé. Son visage ? Je pourrais parler à la troisième personne. Dire elle. Dire tu.

Je dis je. Cette histoire existe. Réelle ou pas. Elle existe. La réalité, on s'en fout. La réalité n'écrit pas d'histoires. Je. Tu. Il. Elle ne vit pas. Elle ne mange pas. Ne ressent pas. Ne baise pas. N'aime pas. Ne meurt pas.
Je ne veux pas être réelle.
Je ne veux plus savoir qui je suis.
Je ne sais plus qui je suis.
Je ne me présenterai pas.

J'ai une mémoire. Je sais d'où je viens. Nous venons tous de quelque part.
Ils l'appellent le Grand Est pourtant rien n'y est grand.
J'ai toujours pensé que les plus sensibles venaient de régions merdiques. Ils ont ressenti le vide. L'absurde. Le sens de la vie, ils l'ont cherché. La vie aussi. La Creuse. La Meuse. De villes comme Vierzon ou Forbach. Où rester est synonyme de poison. Où les maisons sont des tombeaux. On a beau fuir. On ne renie pas sa mère. D'où je viens. Du ventre de ma mère. Du Grand Est.
J'avais huit ans quand j'ai su que je ne finirais pas mes jours ici. Qu'ici je ne deviendrais personne. Qu'ici je n'aimerais personne. Qu'ici, rien. Je ne ressentirais rien. Qu'ici je devrais survivre. Et pour survivre, il ne fallait rien ressentir. Qu'ici il n'y avait pas de couleurs. C'est gris. Tout. Le ciel, le sol et les visages. Tout est béton. Tout est dur et froid.

J'avais huit ans et un enfant m'a craché dessus dans la cour de récréation. Il m'a dit que j'étais bizarre. Il avait raison. J'étais bizarre. Pas bizarre en soi. Car être bizarre en soi, ce n'est pas bizarre. On est bizarre par rapport à quelque chose. Une norme. Et si ce garçon était la norme, alors oui, j'étais bizarre.

J'avais huit ans et j'ai décidé de partir un jour. J'ai choisi de ressentir. J'ai choisi de souffrir. À partir de là, je suis condamnée à cette histoire.

Celle que je ne voulais pas écrire. Pourtant, j'écris.

2.

Le jour où je suis née. Un soir de décembre, il faisait froid et depuis j'ai toujours froid.
Le jour où j'ai respiré puis pleuré. Puis pleuré au lieu de respirer.
Le jour où j'ai appris à marcher. À nager et à faire du vélo. Les choses du corps.
Le jour où j'ai appris à manger, boire et parler. Les choses de la bouche. Embrasser. Je ne sais pas chanter. Je n'ai pas encore appris. Je ne pense pas que j'apprendrai.
Le jour où j'ai appris que j'apprendrais.
Le jour où je me suis mise à lire. C'était au CP. Le livre avait des images. Une histoire de pilote et de baleine. Il échouait sur son dos et ils devenaient copains. J'étais triste à la dernière page. Non pas qu'elle finissait mal. Mais j'ai compris le mot Fin.
Le jour où j'ai compris que tout avait une fin.

Le jour où j'ai commencé à avoir peur. Du temps qui passe. Des choses qui se passent et qui ne passent pas. Qui changent et qui ne changent pas.
Le jour où je suis partie.
Le jour où je suis tombée amoureuse.
Le jour où l'histoire a commencé.
Le jour où ma vie commence.

Des jours en vrac. Ils comptent. Ils marquent. Ils frappent. Ils blessent. Ils renforcent. Ils s'entrechoquent. Des chiffres. Des années. Des litres. Des kilogrammes. Des kilomètres. On compte. On décompte. Tic-tac. Le chrono avance. Il ne s'arrêtera jamais. Tic-tac. Même le jour où c'est terminé, il continue sa route. Pour les chiffres, il n'y en a qu'une.
J'aurais pu être comptable. Des plus et des moins. Un résultat. C'est clair et simple. Pas droit à l'erreur. Cocher. Vérifier. Taper sur des touches. Revérifier. Tout est rangé. Exact. Ordre et perfection. J'aurais dû être comptable.
Je n'aime pas les maths.
Je ne suis pas en ordre.
Je ne suis pas exacte.
Je ne suis pas parfaite.
Je ne suis pas comptable.

Il s'appelait Matthieu. Il n'aimait pas mon prénom. Le fait que je sache lire et écrire avant lui. Que ma mère soit plus belle que la sienne. Que j'aie sauté

une classe. Qu'on connaisse le nom de mon père et pas du sien. Que mon goûter ne soit pas le même que le sien. Que j'aie l'air de m'en foutre de ce qu'il pense. Que j'aie une peluche dans mon sac.
Un mot sur cette peluche. J'étais bizarre. Je n'avais donc pas d'amis. J'avais Sam. Sam était une souris qui tendait plus vers le chien que vers la souris. Il avait deux billes à la place des yeux. Un regard triste. Toujours prêt à m'écouter. Sam ne se moquait jamais. On ne parlait pas. On se comprenait. Le silence est plus puissant que les mots.
Matthieu vole Sam dans mon sac à la récréation. Je cherche. La poche intérieure de mon cartable est vide. Je n'ai pas versé une larme à la mort de mon grand-père. La mort n'existait pas. J'aimais pourtant mon grand-père. Mais le fait de ne plus le voir ne m'attristait pas. Est-ce l'insensibilisation du Grand Est ? Je ne sais pas. Je sais que je n'ai pas pleuré et qu'en rentrant de l'enterrement, j'ai couru dans ma chambre pour retrouver Sam. Sam, mon ami. Sam, mon ange. Sam, seul être susceptible de me manquer. C'est ce que je croyais à huit ans.
Plus de Sam. Je cours dehors. Un groupe de garçons ricanent devant moi. Matthieu est leur chef. Matthieu, nabot redoublant. Appareil dentaire. Chocolat autour de la bouche. Baskets de marque et sac Pokémon. Matthieu qui me crachait dessus quelques jours auparavant. Matthieu qui avait un prénom et une gueule qui se fondaient dans la masse. La masse du Grand

Est. Matthieu qui tenait Sam par les oreilles. J'ai foncé.
Je ne suis pas violente ; pourtant j'ai foncé et j'ai été violente.

À l'époque je faisais du judo. Ma mère cherchait à me canaliser. J'avais beaucoup d'énergie et je la mettais dans de drôles d'endroits. Découpage de rideaux, de cheveux et de tapis. J'adorais découper des trucs. J'avais pourtant une malle pleine de déguisements mais je préférais les rideaux. Le jour où je me suis servie dans l'armoire de ma mère, je me suis pris une baffe et l'instant d'après j'étais inscrite au judo. J'aimais le judo car j'étais forte ; et j'aimais être forte. Je combattais des filles, plus petites, plus grandes, plus grosses, et je gagnais. Je combattais des garçons vantards et fiers ; et je gagnais. Je combattais seule. Égalité. J'étais une bonne adversaire. Seul le vide pouvait l'emporter. Même avec les années, je cherche encore à l'apprivoiser. Ma mère m'appelait « mon petit soldat ». C'était mignon, affectueux. C'était faux. Un soldat obéit à des ordres. Je ne répondais à aucun ordre. Je n'avais pas de chef. J'emmerdais l'autorité. À huit ans. Sam était mon ami. Sam avait besoin de moi. Je suis montée sur le tatami.

Hajime. En position. Tenir le col. Sa respiration. Son cœur. Tout doux. On tourne. On tient le regard.

L'adversaire est mauvais. Il ne comprend pas. Première tentative. *Gari.* Il trébuche. Je le relève par le col. Le cercle autour de nous. Sam est lancé contre le mur. L'adversaire contre-attaque, un croche-pied mais je ne tombe pas. J'ai la rage. Sam à terre. Je retiens mon souffle. Mes yeux. Mon cœur. Je ne tombe pas. J'étrangle. *Shime.* Il n'apprécie pas. Il crie. Personne ne vient aider. Je domine. Sam toujours inerte. *Sabaki*, j'esquive le coup. Les yeux de mon ami, un trou noir. La mort n'existait pas jusqu'à ce jour. Je ne pleure pas. Je suis en colère. Je suis violente. *Tsukomi*, je pousse. Tête contre tête. Ses lèvres bougent. Je n'écoute pas. J'écoute Sam. Je respire Sam. Je suis Sam. Je suis vengeance. Je monte. *Hane*, je percute. Matthieu rigole. J'attrape sa manche. Inspiration. Son col, très fermement. *Morote* : à deux mains. *Goshi* : la hanche. Je tourne. *Kata* : l'épaule. Expiration. La gueule de Sam face à moi. Vengeance.

Je ne suis pas violente, sauf si l'on m'y pousse.

Waza-ari-awate-ipon.

Ennemi à terre. Pantalon troué, le visage rouge de honte. Le même qui m'a insultée et craché dessus. J'ai couru auprès de Sam. Dans les toilettes, j'ai pleuré. Les yeux de Sam ne me regardaient plus. Sam était mort et la mort existait.

J'ai embrassé Sam et je lui ai promis de ne pas rester pourrir ici.

De partir, aimer, ressentir à en crever.

Je tiens toujours mes promesses.
Je suis sortie avec une peluche morte à la main. J'ai fait toute ma scolarité avec une peluche morte à la main. J'étais bizarre, et j'avais une promesse à tenir.

3.

J'avais de bonnes notes. Je n'avais pas d'amis, pas d'amoureux, mais j'avais de bonnes notes. Je m'habillais toujours de la même manière. Jean noir, bretelles en cuir, chemise blanche et long manteau noir. Cheveux devant les yeux. Parfois, je portais une cravate.
Je cherchais à me démarquer. J'étais différente des autres et je le montrais. Les autres, ça comprenait la terre entière à l'exception de moi. C'était ma manière de me protéger. Accentuer ma différence afin de la normaliser. Ne pas être approchée. Mon armure, sous laquelle j'étais à vif. Plus de peau. Me lever chaque matin avec l'impression d'être écorchée. Chaque mouvement comme une douleur insoutenable.
C'était mon adolescence. Ne pas avoir de peau ; avoir des bonnes notes.

Je suis restée la fille bizarre qui a frappé un petit garçon pour un chien en peluche. Impossible d'en

changer. Ils aimaient me voir ainsi et d'une certaine façon moi aussi.
Mon internement en psychiatrie n'a rien arrangé. Je venais confirmer les rumeurs. J'étais définitivement déglinguée. Pour les ados, un objet mystérieux encore non identifié. Pour les parents, une mauvaise fréquentation. Aucune importance, je n'avais jamais été une fréquentation. J'ai ainsi alterné séjours en hôpitaux et lycée. La psychiatrie avait du bon. Pour la première fois, je trouvais mon cas pas si désespéré.
J'étais docile. Je ne me tapais pas la tête contre les murs. Je ne mangeais pas ma main. Je ne menaçais pas le personnel avec un couteau imaginaire. Je ne me droguais pas avec des laxatifs. Je ne m'enfonçais pas de cutter dans le vagin. Non. Je prenais mes cachets à heures fixes. J'avalais ce que l'on me donnait, nourriture comprise. Je restais silencieuse, sauf quand on me demandait de ne plus l'être. Je répondais à l'appel. Participais aux activités proposées. S'il y avait eu un système de notation, j'aurais eu vingt sur vingt. J'étais irréprochable ; j'étais docile ; et j'étais particulièrement inquiétante.

Le plus dur, ce n'était pas l'hôpital ni l'idée d'être à l'hôpital. Je me foutais du regard des autres. Pour eux, j'étais folle. Je n'étais pas de cet avis. Je n'étais pas pour autant dans le déni et je reconnaissais volontiers avoir un problème. Mais pour rien au monde je n'aurais échangé ma place. Ma douleur me rendrait

plus forte. Elle me pousserait à partir. Elle faisait de moi un être unique. Ce qui était compliqué, c'était d'être dedans, en plein cœur du trou noir. Parfois, ne plus rien ressentir. C'était le pire. Plus de sensations. Me foutre de tout. Mais dans le fond, je savais que cet état serait passager. Puis le reste, être coupé de tout. Ma musique me manquait mais au moins quelque chose me manquait. J'avais besoin d'écouter « Under Pressure » plusieurs fois par jour à cette époque. Aucune distraction autorisée. Plus de livres. Sam m'était confisqué. J'étais profondément seule. Mais je savais qu'ils ne me garderaient pas indéfiniment. Le psychiatre tentait de m'effrayer, il voulait voir le vrai « moi ». Il répétait qu'il n'était pas sain d'être aussi sage. Mais je n'étais pas saine, ce n'était plus à prouver.
J'étais bizarre, un objet non identifié, une mauvaise fréquentation. Je les regardais s'agiter autour de moi et j'attendais la sortie.

Je ne compte pas m'attarder sur cette période de ma vie. Néanmoins, elle est nécessaire afin de comprendre la suite de l'histoire.

4.

Je n'étais pas totalement indifférente.
J'aimais ma famille. J'ai grandi au milieu des cris mais ils ne me dérangeaient pas. C'était ma normalité. Dans certaines familles, les silences se font lourds et les névroses s'y cachent. Chez moi, c'était tout l'inverse. On était clairement névrosés. Pas de secrets. Aucun doute à avoir quant à mes origines. Ma famille était à vif, complètement dégénérée. J'avais donc une lourde hérédité mais ce n'était pas grave. C'était même rassurant. Je savais d'où je venais.
D'un père extrêmement intelligent, qui travaillait pour respirer, qui savait relativiser les choses de la vie. Un sage, faussement sage, car derrière sa voix douce et son savoir, mon père était malheureux. Son intelligence l'a rendu ainsi. Voir le monde tel qu'il est, c'est une malédiction. Quand je lui demandais s'il était heureux, il se mettait à rire. Comme si je venais de sortir une énorme connerie. C'est d'ailleurs ce qu'il me répondait. Arrête avec tes questions

à la con. Mais dans le fond, il aurait aimé répondre oui.

D'une mère en lutte perpétuelle avec elle-même. Le cerveau comme champ de bataille. La guerre déclarée à la naissance. Ma mère vient d'un monde sans amour. Naître sans amour c'est naître sans peau. C'était elle la plus à vif. Elle m'a transmis ses démons. À la différence que je n'ai jamais manqué d'amour. Au contraire, il était partout. Ma mère avait une peur viscérale de l'abandon. Elle ne demandait qu'à être aimée mais ma mère ne savait pas communiquer. Les cris, c'était sa manière à elle de respirer. Mon père était fatigué d'entendre hurler, et ma mère fatiguée d'être celle qui hurle. Certaines choses ne peuvent fonctionner que d'une certaine manière. Mes parents avaient la leur. Ce n'était pas la bonne. C'était la leur. Une sorte d'équilibre, qui tient on ne sait comment. Toujours sur le point de se briser mais qui ne se brisera jamais.

Non, chez moi, on ne manquait pas d'amour. L'amour n'est pas toujours beau ni sain. Les gens ont du mal à intégrer cette notion. Il n'existe pas un amour. L'amour véritable est parfois moche à regarder. Mais seulement si l'on ne sait pas le regarder. En vrai, il faut juste accepter. Accepter qu'il n'y ait pas de modèle. Ni de norme. Mes parents m'ont appris. C'est peut-être pour ça que j'ai mis du temps à aimer à mon tour. J'avais peur.

Être enfant unique a du bon : être aimé avec plus d'attention. Du mauvais : être aimé avec plus d'inquiétude. Je n'allais pas mal exprès pour faire chier mes parents. J'allais mal et il fallait faire avec. Mon père prenait le parti du temps qui arrange tout. Ma mère, celui des crises de tétanie. J'étais épiée. Chaque mouvement. Elle venait toucher mon pouls à chaque grasse matinée. La main sous les narines pour sentir ma respiration. C'est flippant d'ouvrir les yeux et d'avoir la tête de sa mère au-dessus de la sienne. J'ai fini par m'habituer et prendre ses inquiétudes à la rigolade. Mais il n'y avait rien de drôle. Les séjours en psychiatrie étaient plus douloureux pour elle. Contrairement à moi, elle n'avait aucune certitude. Elle imaginait le pire. Nous n'avions pas le même pire.

J'étais l'enfant unique, me perdre n'était pas envisageable. À croire que ma mère n'avait jamais été ado. Qu'elle avait oublié qu'aller mal était courant, à cet âge, même si insoutenable. C'est ça être parent, tout oublier. Ne plus raisonner. Tout dramatiser. Anticiper le danger. N'exister que pour lui. À travers lui.

J'ai donc décidé de ne jamais être mère.

Ma mère détestait la région. Persuadée que la vie était ailleurs, plus au sud. Mon père adorait la région. La vie était bien ici, ancrée entre la terre et le ciel gris. Je ne compte plus le nombre d'engueulades sur le sujet. Ma mère a fini par se résigner. Elle mourrait ici, dans la terre, sous le ciel gris. J'étais du côté de ma mère, comme souvent. Je trouvais la vie ici particulièrement déprimante.

J'habitais un village bourgeois pas loin de la ville. Je détestais ce village. Je détestais son odeur. Celle de la médiocrité, de la mort et de la vieillesse. Des maisons crépi crème qui se ressemblent, avec des voisins qui discutent devant leur portail qui se ressemblent aussi, qui s'invitent les uns chez les autres pour boire l'apéro. On avait la plus grande maison. Chaque jour en ouvrant le portail, ma mère subissait les regards jaloux des voisins. Ma mère les traitait d'hypocrites. Elle avait raison, ils ne faisaient que partager les ragots du village. Rire du malheur des autres. Puis parler météo, recettes et politique. À l'exception de Jean-Noël. Mon père aimait Jean-Noël, le voisin d'en face. Un mécano à la retraite qui réparait la tondeuse de mon père quand elle tombait en panne, puis venait boire une Suze. Ma mère aussi aimait Jean-Noël. Il était généreux et nous offrait souvent des andouillettes qu'ils ramenaient de chez son copain boucher. Tout le monde aimait Jean-Noël. Même les hypocrites. Un vrai gentil, la voix cassée par la clope et la picole et le cœur sur la main. Toujours prêt à rendre service. Un jour, Jean-Noël a ressenti une douleur à la poitrine. Son cœur prenait trop de place. L'église était pleine le jour de son enterrement. Mes parents pleuraient. Mon père surtout. Sans lui, le village n'était plus le même. Les voisins continuaient à boire l'apéro. À se critiquer les uns et les autres. À respirer cette odeur nauséabonde. Mais ce n'était plus pareil.

La ville en soi était plutôt jolie. Des rues piétonnes ; une cathédrale parmi les plus belles de France, de quoi faire notre fierté ; des magasins parfaitement alignés aux vitrines colorées. Rien de bancal. Tout était attendu, faussement joyeux. Tout était faux. Ce n'était pas la vie. C'était de la peinture. Un mouroir pour personnes qui se contentent d'être dans l'entre-deux. Jamais pleinement heureux, jamais pleinement malheureux. Rien n'est entier. Tout est ordonné. Une vie pour experts-comptables. Où partir en vacances est une obligation et non un plaisir. Où les choses sont faites par devoir dans un ordre bien précis. Sans se poser de questions.
Mon père s'enfermait dans son bureau. Il était bien dans son bureau. Ma mère tournait dans notre grande maison, l'aspirateur à la main. L'obsession de la poussière. Je la regardais aspirer comme une furie. C'était triste comme tableau et l'aspirateur faisait beaucoup de bruit.
J'ai donc grandi dans un village de l'Est, dans une grande maison vide, entre une mère hystérique, un père dans son bureau et un aspirateur. C'est un bon résumé.

5.

Je suis partie sur « While my Guitar Gently Weeps ». Ma mère avait loué une camionnette pour le déménagement. J'ai attaché ma ceinture et allumé la radio. J'ai pleuré aussi. Mon père est sorti de son bureau. Il portait un pull minoucheux, une barbe de dix jours et il semblait désespéré. Cette fois, il n'a pas relativisé. Il ne voulait pas que je parte. C'est le père qui parlait. L'homme savait que je devais partir. Que je n'avais pas le choix. Il avait également peur de se retrouver seul avec ma mère. Peur de ne plus rien avoir à lui dire. Je faisais partie de l'équilibre. Je partais et je foutais tout en l'air. Il n'était pas un être supérieur. Il n'était pas sage. Il était mon père. Il était juste ça. Un homme qui flippe à l'idée de se retrouver seul avec sa femme. Je ne l'ai jamais autant aimé qu'à cet instant précis. J'aurais aimé le prendre dans mes bras. Lui promettre que tout se passerait bien. Je suis restée assise sur le siège avant. Un simple signe de la main et une larme sur la joue. Je ne promets pas ce

que je ne sais pas. Combien de fois j'ai refait la scène. Je sors de la camionnette en courant et saute dans les bras de mon père.
Je n'ai pas bougé et la camionnette a démarré.

On a traversé la région. Pas de rues piétonnes. Pas de couleurs. Pas de mensonges. Des usines fermées. Des commerces à l'abandon. Des PMU avec quelques habitués au comptoir, prêts à gratter du ticket. Je me suis demandé si eux aussi, à mon âge, ils voulaient partir. Aujourd'hui, ils ont le pif rouge. Puis quelques fleuristes qui prennent des allures de pompes funèbres. Toujours ces nains de jardin en exposition. Les façades des maisons qui tirent la gueule. Les volets fermés. Quelques nanas qui fument à la fenêtre. En peignoirs polaires, les traits tirés et le cheveux gras. Chez elles, plus d'espoir. Elles ont abandonné la partie. Quelques gamins qui jouent au foot sur le trottoir. Ils s'arrêtent pour regarder la camionnette. Bientôt, ils tiendront les murs. Puis le PMU. Mes racines.
On a pris l'autoroute et j'ai dit au revoir.

La fille d'un copain de mon père partait vivre à Londres. Elle m'a sous-loué son appartement. Un studio au quatrième étage, qui donnait sur les Buttes-Chaumont. Ma mère a tenu à s'arrêter au troisième. On s'est assises sur les marches. Elle m'a pris la main et j'ai posé la tête sur son épaule. Je ne sais pas combien de temps on est restées sur ces marches. À un étage de la séparation. Ma mère ne m'a jamais reproché de partir. Elle allait se retrouver seule. Plus personne pour s'asseoir avec elle sur le tapis de sa chambre. Regarder des conneries à la télé. Elle, un rhum banane à la main ; moi, un jus de tomate. Peu importe l'heure, j'étais là. Je ne l'ai jamais jugée. On ne juge pas sa mère. On l'aime. Quand j'ai parlé de quitter la maison, elle m'a soutenue. « T'as raison, la vie est ailleurs, crève pas ici. » Je sais qu'elle a pleuré dans sa chambre, sur son tapis. Cette fois je l'ai laissée et elle a allumé la télé.

En poussant la porte de l'appartement, j'ai quitté la maison pour une pièce de dix-huit mètres carrés aux murs jaune poussin. La fille qui me le louait adorait le rose. Elle avait collé des fleurs un peu partout. Il sentait l'urine et le renfermé. Tout était sale. Sol, frigo, toilettes, plaques électriques. Rien n'avait été épargné. Ma mère a soupiré, sorti sa Ventoline puis le Sopalin et le pshitt-pshitt. À l'intérieur, elle jubilait. J'avais besoin d'elle et elle adorait ça. Être utile, être aimée et passer l'aspirateur.

Après une après-midi à tout récurer, je pouvais marcher pieds nus et lécher le sol. J'avais une fenêtre, un lit et une baignoire. J'étais chez moi. Ma mère était chez moi. J'ai sorti Sam de mon sac pour le mettre au chaud sous mon oreiller. Ma mère a souri. Je restais sa petite fille. On est descendues boire un verre au bistrot du coin, une bière pour moi, un tariquet pour elle. Les produits d'entretien avaient déjà commencé à attaquer nos cerveaux. L'alcool a terminé.

Elle m'a parlé de l'époque où mon père lui écrivait des lettres d'amour. Quand elle avait les cheveux teints en noir, les yeux charbonneux et quinze kilos de moins. Ça vaut ce que ça vaut mais ma mère était la plus belle femme du Grand Est. Tous les mecs la désiraient et toutes les filles la détestaient. Elle n'avait pas beaucoup d'amis. Juste Frank, son vieux pote du lycée, fumeur à l'âge de quatorze ans. Frank est mort il y a dix ans. Le crabe. Parti en fumée. Ma mère a jeté les cendres dans la cour du lycée. Il était amoureux d'elle. Elle, de mon père. Ils sont restés bons copains. Et ensemble, ils descendaient des paquets de clopes aux terrasses des cafés, crachaient sur la région, et donnaient des notes aux passants. Les notes ne dépassaient jamais la moyenne.

Je n'ai qu'un vague souvenir de Frank. Il est plus comme une sensation. Il est un sourire de ma mère.

Frank n'appréciait pas mon père. Ce n'était pas qu'une histoire de jalousie. Il trouvait que ma mère méritait mieux. Par mieux, il ne pensait pas à lui. L'idée que ma mère puisse s'intéresser à un type comme lui était inconcevable. Il était plus petit qu'elle, plus jeune d'un an, et foutu comme une allumette. Frank avait hérité d'un gène qui l'empêchait de prendre du poids. Aucun muscle. Il était dispensé de sport. De

plus, il était imberbe. On lui donnait quatorze ans. Même à sa mort, dans le cercueil, on lui donnait quatorze ans. Mais Frank avait du succès avec les filles. Il avait un truc que les autres n'avaient pas : l'humour. Pas de poils mais des fous rires assurés. Ma mère a survécu grâce à Frank. Il sonnait chaque matin chez elle et l'attendait en bas du HLM. Ils marchaient ensemble. Les usines de sidérurgie fumaient encore. Il y avait de la vie dans le Grand Est. Le concept de « cité » n'existait pas. Pas comme aujourd'hui. C'étaient eux, les jeunes des cités. Algériens, Polonais, Italiens ; peu importe. Le danger n'était pas là. Fin du lycée, fin des années quatre-vingt. Fermeture des usines et des esprits. Plus de travail. C'est le début de la débrouille, des embrouilles. Les parents de ma mère partent vivre dans le Sud. Des questions de travail et de température. Ma mère a dix-huit ans et elle reste dans la région. Ma mère a dix-huit ans et ses parents meurent dans un accident de voiture. Elle n'avait pas d'autre lien avec eux que celui du sang. L'impression d'être orpheline de naissance. À dix-huit ans, ce n'est plus une impression. Frank la prend par la main, ils continuent leur route ensemble.
Puis la rencontre avec mon père. Elle était derrière lui dans la file d'attente d'inscription à la fac. Il a les cheveux longs, des bagues aux doigts et revient de deux mois au Mexique. Ma mère n'a jamais voyagé. Il a une copine à l'époque. Une blonde avec des gros seins et des cuissardes. Ma mère écoute leur conver-

sation et tombe amoureuse. Un mois plus tard, il quitte la blonde pour ma mère. Il lui promet de l'emmener au Mexique. Il lui écrit des poèmes et lui fait livrer des roses au restaurant. Il aime la bouffe indienne, elle apprend à cuisiner. Ils militent ensemble au PS. Ils emménagent dans un appartement au rez-de-chaussée avec jardin. Ils prennent un chien. Elle aime les Beatles, lui les Stones. À l'époque, elle ne crie pas et lui l'écoute. Il lui prépare des cocktails tous les soirs. Ils ont l'alcool joyeux et font souvent l'amour. C'est doux. Ma mère parle d'avenir. Mon père reste évasif. Il ne se projette pas. Très vite, ma mère veut un enfant ; mon père n'en veut pas. Le désir devient obsession. Ils se marrent moins. Mon père commence à tromper ma mère. Il en met d'ailleurs une autre enceinte. Fausse couche. Mon père est soulagé. Ma mère apprendra cette histoire après ma naissance au cours d'un dîner où elle a dû s'efforcer de sourire. Mon père se prend un bureau plus au centre. Une cave sans bruit et sans lumière. Ils se voient moins, baisent moins. Les ventres poussent comme des champignons autour de ma mère. Le sien reste plat. Ma mère ne baisse pas les bras. Elle veut un enfant. Pour moi, elle se pique aux hormones. Pour moi, elle crie. Pour moi, elle est en colère. Pour moi, elle pense à quitter mon père. Mon père la voit changer. Il se demande s'il est toujours amoureux. Être père ne l'intéresse pas. Il ne me veut pas. Il ne pense pas à moi. Il ne me connaît pas.

Voilà comment j'arrive sur terre.
En mars, ma mère tombe enceinte. Après une nuit passée à se déchirer, elle enlève sa culotte. Elle est belle. Il est excité. Ils ne pensent pas à moi. Pendant le sexe, ils continuent la bataille. Ils se font mal. C'est bon et douloureux. Ils jouissent en même temps sur le sol de la cuisine. Mon père se retire et ma mère se rhabille. C'est terminé, elle s'en va.
Voilà comment j'arrive sur terre.
Un mois plus tard, ma mère donne rendez-vous à mon père dans un bar. Elle commande un thé et il comprend. Il soupire et elle sourit.
Voilà comment j'arrive sur terre.
Je suis l'origine des cris. Je suis la rupture. Le début et la fin. Je suis mal partie.

Ma mère a vidé une bouteille de tariquet et on est rentrées dormir. Dans le lit, elle m'a pris la main pour me dire qu'elle m'aimait. Ma mère n'est pas partie au Mexique ; et je suis là. On en est là.

6.

J'étais assise sur mon tapis, adossée au canapé quand la porte s'est refermée. Je serrais Sam contre mon ventre et ma mère est partie. J'avais dix-huit ans et l'impression qu'on m'arrachait une partie de moi. Ma mère. Je ne l'ai pas retenue. Je ne me suis pas accrochée à son mollet. Je n'ai pas fait de crise. Je suis restée calme. Par amour, je n'ai pas pleuré. Par amour, j'ai dit que tout allait bien se passer. Que je serais bien ici. Bientôt, j'aurais des amis. Par amour, j'ai menti.

J'ai attendu de l'entendre monter dans l'ascenseur pour faire du bruit. Je n'étais pas calme. Ni forte. Ni sage. J'aimais ma mère à en crever et j'étais effondrée. Je fermais les yeux, la tête entre mes genoux ; j'appelais ma mère. Je courais à la porte d'entrée, m'écroulais contre elle. Puis celle de l'ascenseur. Il était au rez-de-chaussée. Ma mère était partie. Je m'imaginais stopper sa camionnette. Elle sortait et me prenait dans ses bras. On restait ainsi. Je n'imaginais pas plus loin. Ma vie pouvait s'arrêter. Je n'aimerais jamais plus fort. À dix-huit ans, Sam écrasé contre mon cœur, ma mère était toute ma vie. Ma mère était partie.

Je suis restée des heures allongée sur le sol. La joue collée au parquet. J'imaginais mes larmes s'infiltrer dans les murs. Des fissures au plafond. Les gouttes qui se faufilent derrière chaque porte. Je ne m'arrête pas de pleurer et les murs ne supportent pas ma douleur. L'immeuble s'effondre. J'aimais ma mère et le monde allait s'écrouler.

J'étais vidée, j'avais la joue écrasée et la mâchoire déboîtée. Je voulais sentir sa main dans mes cheveux. Je voulais avoir à nouveau huit ans et me cacher sous son manteau. Je ne pouvais plus pleurer. Je ne pouvais plus respirer. J'avais le nez bouché et la gorge sèche. J'ai pensé finir mes jours sur ce sol. Devenir poussière. Ma mère qui aspire la poussière. Ensemble, pour toujours.

J'ai donc entamé le processus. Ne plus bouger. Ne plus boire ni manger. Garder les yeux ouverts mais ne rien voir. Fondre. Ne plus rien ressentir. Me marcher dessus. Me rouler dessus. Le poids du monde sur mon dos. Je ne ressentais rien. J'étais béton. J'étais froide. Je n'avais à cet instant plus de certitudes. J'étais dans l'infini. Je ne pouvais pas en sortir.

Ma vie aurait pu se terminer ainsi. Il suffisait d'attendre. Mais je n'attendais rien, même pas la mort. Ce n'était pas la fin.
C'était une étape. Sur ce sol, je changeais. Je ne mourais pas ; je grandissais. Confrontée au vide. J'y trouvais un sens. À la question À quoi bon ? je ne répondais pas. Je respirais. Mon souffle sur le visage de Sam. Inspiration. Expiration. De la buée sur les deux billes noires. Je ne posais pas de questions. J'étais un corps. J'entendais mon cœur. Il était lent. Des heures sans penser. À écouter. Il pompait calmement. Le sang coulait. Je fonctionnais. Je ne répondais pas ; je fonctionnais.
Les yeux plongés dans ceux de Sam. J'ai attrapé sa patte, lui ma main. Sur ce sol, l'histoire continue. Ma mère était partie. J'avais quitté le Grand Est. J'avais souffert. J'aimais. Je tenais ma promesse et Sam est revenu à la vie.

À peine le temps de savourer nos retrouvailles, le téléphone sonne. Ma mère au bout de la ligne, la vie reprend. Je m'assois sur le tapis. Elle me demande comment je vais. Je réponds bien. J'ai été prendre un Coca et je me suis baladée au parc. J'y ai croisé une fille avec un chien. Elle avait l'air sympa et on devrait prendre un verre ensemble bientôt. D'ailleurs, elle est inscrite à la même fac que moi. Je ne sais pas si elle m'a cru. Elle a fait semblant. Elle m'a parlé du chauffage, la chaudière est en panne. Puis elle a attrapé une infection urinaire. Elle a un mal de chien. J'ai à mon tour fait semblant d'y croire. Je ne voulais pas faire souffrir ma mère. Au quotidien, elle était déjà à huit sur l'échelle de la douleur. Huit sur dix. Alors lui dire que j'avais passé la journée à sangloter. Qu'il y avait la marque des lattes en bois sur ma joue et que le sol était mouillé. Que je ne me ferais aucun ami. Que je serais terriblement sage et que personne ne s'intéresserait à moi. Que Sam venait de ressusciter et que je comptais passer ma vie avec lui. Ce n'était pas possible.

J'ai fait chauffer de la soupe et j'ai nourri Sam. Après dix années sans manger, il avait faim. On a pris un bain. Il avait la tête entre mes seins. Je réalisais que je prenais un bain chez moi. Qu'en sortant de la salle de bains, je tomberais directement dans ma chambre. Toujours chez moi. Qu'il n'y aurait que moi. Si je n'arrivais pas à dormir, je pourrais allumer la télé. Garder la lumière allumée. Si j'avais faim, je pourrais me mettre un plat surgelé au micro-ondes. Et si j'avais faim d'autre chose, il y avait un snack au coin de ma rue. J'aimais les frites et la mayonnaise. Je pouvais marcher seule dans la nuit. Croiser du monde ou personne. Me faire agresser. Je prenais des risques pour la première fois. J'étais seule, responsable, or je n'avais jamais été responsable. Mes parents l'étaient pour moi. Ma mère préparait les repas, me réveillait chaque matin pour m'emmener au lycée. Les profs m'enseignaient. J'apprenais mes leçons. Je répondais aux questions. Je n'ai jamais rendu copie blanche. J'étais appliquée. J'étais l'élève, j'étais l'enfant ; et je n'étais pas responsable. J'existais par rapport à quelqu'un. En soi, seule, je n'existais pas. J'appliquais. Je n'avais pas envie car je ne connaissais pas mes envies. Partir ? Oui. Et après ? Il me manquait quelque chose, j'avais le choix. Je ne savais pas ce qu'il me manquait justement parce que je ne savais pas ce que je voulais. Je devais d'abord découvrir qui j'étais. Les envies suivraient. Nous étions au point de départ.

J'étais dans mon bain, je pouvais choisir d'y rester pour la nuit. J'aurais eu froid mais c'était une option. Avoir froid. Personne pour me tendre une serviette. J'ai fait couler l'eau du bain. Première décision. Je n'avais pas envie de tomber malade. C'était un début, je savais ce que je ne voulais pas. Je n'ai pas essuyé mes pieds et j'ai laissé des traces sur le sol. J'avais le choix. J'avais le droit. Je suis restée nue. L'empreinte de mes fesses sur le canapé. J'ai enroulé Sam dans une couverture. Il s'est endormi, épuisé par son retour sur terre. J'ai préparé mon lit. L'installation m'a pris une heure et je me suis coincé le doigt en essayant de déplier le canapé. Là encore, j'avais le choix. Abandonner et dormir à même le canapé. Tomber par terre et finir ma nuit sur le tapis. Ou persévérer. Personne pour me montrer la marche à suivre. Je me rendais compte du chemin à parcourir. Tout à apprendre. Bonne élève ; pas bonne à vivre. J'ai regardé Sam, il dormait paisiblement. J'ai inspiré. J'étais responsable et en tant qu'être responsable, je ne pouvais pas baisser les bras. Je me suis acharnée et blessée. J'ai été vulgaire et ridicule. J'ai réveillé Sam. J'avais sommeil et honte de moi-même. J'ai failli appeler à l'aide mais impossible de mettre la main sur mon téléphone. Perdu dans dix-huit mètres carrés. J'allais m'arracher les cheveux quand j'ai regardé sous le canapé. J'y ai trouvé mon portable et un levier qui permettait de déplier le canapé.

Je n'ai pas tiré mes rideaux. J'ai rejoint Sam sous la couette. L'avenir se dressait devant moi, un infini de possibles. Je n'avais pas peur, je ne savais pas à quoi m'attendre. Je n'avais pas peur ; je ne savais pas encore qui j'étais.

7.

J'ai passé ma première année entre la fac, mon studio et la gare de l'Est. J'ai fumé ma première cigarette, seule sur un banc. Il faisait nuit et je n'ai pas aimé. Je me suis forcée et j'ai appris à aimer. J'ai bu mon premier verre de vin dans un bar. J'ai hésité au moment de la commande. Le serveur m'a conseillée. Je ne sais pas si le vin était bon. Je n'avais aucun moyen de comparer. J'ai percé mes oreilles. Deux trous du côté gauche, un du côté droit. Je n'ai eu ni mal ni peur. J'avais envie de changer et les piercings, c'était un début. Puis, je me suis fait couper les cheveux. Comme un garçon. Ma mère a hurlé. Elle associait les cheveux à l'enfance. J'avais tout coupé, je n'étais plus une enfant et elle a pleuré. Mon père a trouvé que j'étais belle. Venant de mon père, c'était un sacré compliment. Ma mère était du même avis, mais elle refusait de l'avouer ; elle pleurait. J'aimais sentir le vent sur ma nuque. J'aimais ma nuque et les grains de beauté autour de mes oreilles. Je voulais montrer ce que j'aimais. Je portais des marcels blancs sans soutien-gorge, je n'avais pas de poitrine. Je n'en ai toujours pas. J'avais deux jeans Levi's, l'un troué au genou, l'autre au niveau des fesses. Je les retroussais. Aux pieds, j'avais adopté une paire de Dr. Martens noires, faussement vieillies. Je n'aimais pas le neuf. J'avais changé de style. Je ne laissais pas indifférent. Les garçons à la fac aimaient regarder mes seins. On les devinait facilement sous mon marcel. Je m'en foutais. Je n'avais aucun problème avec mes seins. J'avais un problème avec mon corps. Lui, je ne le regardais pas. Nue je me détestais, sans savoir ce que je détestais. Nue, je me recroquevillais. Sauf dans le bain. Je mettais de la mousse pour ne pas voir. Habillée, c'était une tout autre histoire. Je me trouvais pas mal foutue. J'avais conscience de ce que je provoquais chez les autres. De l'envie. J'avais du mal avec le concept de beauté mais je savais que j'étais belle. Les filles ne m'appréciaient pas et les garçons voulaient me baiser. J'étais donc belle et sans amis. Je me suis demandé si mon physique était un atout ou au contraire une faiblesse. J'en ai conclu qu'il était les deux et que je devais faire avec.

Ma fac se trouvait dans le treizième arrondissement de Paris. Le quartier n'avait rien de réjouissant. Le bâtiment non plus : une tour de trente étages qui tenait du repaire de toxicos que de l'établissement universitaire. On m'avait vendu la Sorbonne, j'étais

à Tolbiac. J'avais de bons résultats aux examens, je travaillais dur car je n'avais rien d'autre à faire. Les professeurs m'appréciaient. J'étais polie et toujours à l'écoute. Je prenais des notes. Je ne participais pas mais ce n'était pas grave. Ils me pensaient timide. Je l'étais ; je n'avais surtout aucune envie de participer. Je n'y voyais pas d'intérêt. J'énervais les autres étudiants. J'étais meilleure qu'eux et je ne parlais pas. Ils prenaient mes silences pour du snobisme. Ils se trompaient. J'aurais aimé pouvoir leur parler mais je n'avais rien à leur dire. Nous n'avions rien en commun. J'aurais dû me forcer. À la place, je me suis enfermée dans mes certitudes : je n'avais besoin de personne. Je me trompais.
J'ai changé deux fois de filière en cours d'année. De l'histoire et des sciences politiques à la philosophie et aux lettres. J'ai insupporté le personnel administratif. Ils refusaient ma demande. Je n'ai rien lâché ; à force de mails et d'heures passées dans leurs bureaux ; j'ai gagné. Les professeurs n'ont pas compris. Mes résultats étant excellents, j'étais forcément intéressée par leur matière. Ils connaissaient l'élève ; ils ne me connaissaient pas. Je les respectais, j'aimais avoir de bons résultats. L'histoire n'allait pas plus loin. Je m'ennuyais. J'apprenais parce qu'il fallait apprendre. Leur savoir ne me tenait pas compagnie. J'ai donc pensé à la philosophie. J'aimais cette matière au lycée. Ma professeure Mme Jolivart y était pour beaucoup. Elle avait senti chez moi un réel intérêt. Elle abordait

les rêves et l'inconscient. J'étais fascinée. Je ne me souvenais jamais de mes rêves et Mme Jolivart m'expliquait pourquoi. Je me suis donc réorientée en philosophie.

Avoir le choix de sa vie sans savoir qui l'on est entraîne un certain nombre d'erreurs. Je me retrouvais livrée à moi-même. Je devais choisir, construire mon avenir, mais l'avenir était un concept lointain.
J'aimais le chocolat blanc, pas le noir. J'adorais Balzac ; Proust m'emmerdait. J'étais plus chien que chat. J'habitais à côté d'une école maternelle et les cris des enfants me faisaient sourire le matin. J'étais attirée par l'Amérique latine et non par l'Asie, mais je trouvais les Asiatiques attirants, contrairement aux Mexicains, trop trapus à mon goût. J'étais plus salé que sucré. Je portais du bleu marine, du noir et du blanc, jamais de couleurs vives. Je préférais les yeux sombres aux clairs chez les autres. Les miens étaient verts. Ils le sont toujours. J'aimais travailler dans les cafés, les bibliothèques m'angoissaient. Un problème avec le silence.
Je savais ce que j'aimais. Ce que je n'aimais pas. Ce que je ne voulais pas. Restait le problème de l'envie. Rien ne m'animait réellement. Je ne brûlais pas. Ne m'extasiais pas. Ne vibrais pas. Je n'avais pas de passions. C'était mon problème. Je regardais les autres parler musique, expos et cinéma. Leurs yeux pétillaient, les miens angoissaient. Je m'inventais un amour

de la littérature. Certes, j'aimais les livres. Je les dévorais même. J'y passais mon temps. J'y trouvais du sens, des voyages et des émotions. Ils étaient ce qui se rapprochait le plus de la passion mais ils n'étaient pas une passion. Ils ne comblaient pas le vide ; ils le masquaient. Parfois, j'arrivais à m'en convaincre. Je dormais mieux ainsi.

Assise au fond de la classe, nous parlions de Kant et de sa *Critique de la raison pratique*. Le sujet du cours : Naissance du formalisme moral. J'avais mon ordinateur allumé, mes doigts prêts à taper sur les touches. Je me suis répété plusieurs fois : Naissance du formalisme moral. J'ai refermé mon ordinateur.
Avant d'arriver à la fac ce matin-là, je m'étais arrêtée devant un SDF. Il avait les fesses à l'air et il urinait. Pas sur un mur mais sur lui. J'ai regardé le liquide couler entre ses jambes. Lui regardait en l'air. Il avait le visage attaqué par le froid et la picole. Le rouge tirait sur le violet, sur le pourri. Tout était ridé et abîmé. Les gens l'ignoraient. Lui aussi s'ignorait. Il n'a pas remonté son pantalon. J'ai pensé qu'il y a des années – combien je ne sais pas, impossible de lui donner un âge –, cet homme avait été jeune. Il se posait sûrement des questions. Il avait des rêves. Je me suis demandé s'il avait une passion. Si c'est ce qui arrive aux gens qui ne la trouvent pas. Un jour, cet homme avait un pantalon et une vie. Un jour, cet homme avait été un homme. Aujourd'hui, un homme

passé. Je suis restée plusieurs minutes à l'observer, sans m'attendre à quoi que ce soit. Je n'ai pas agi. Je me suis simplement arrêtée un instant pour me confronter au monde auquel j'appartenais.

Naissance du formalisme moral. Moi, je sentais l'urine couler sur les jambes du SDF. J'avais son goût dans ma bouche. Le professeur continuait avec une analyse détaillée de la *Critique de la raison pratique*. Je tournais les mots. À vide. L'image d'une machine à laver qui tourne sans rien à l'intérieur. À vide. Puis le visage du SDF, ses yeux au ciel. La solution de ce problème se trouve dans l'action conforme à la loi morale… Ainsi, une loi universelle du bonheur est impossible à définir ou découvrir.

Je n'avais rien à faire ici.

Des élèves participaient. J'étais bloquée sur la flaque de pisse aux pieds de l'homme. Sur la vie qu'il aurait pu avoir. Sur l'injustice et mon impuissance. L'éthique de Kant est un formalisme opposé au conséquentialisme. J'ai levé la main. On attendait de moi une question pertinente. J'ai demandé si Kant apportait des solutions à cet homme au pantalon baissé dehors, qui n'avait sûrement plus de raison ni de morale, sachant qu'il venait de se pisser dessus. Tous les yeux sur moi. J'ai trouvé ma question pertinente. Je n'ai pas eu de réponse.

Je n'avais rien à faire ici.

C'était une évidence. Cet homme venait de m'éclairer. À la question À quoi bon ? Il était clair que je ne trouverais pas de réponse ici. J'étais forcée de constater que je m'étais à nouveau trompée de voie. Je suis sortie de la salle de classe. Dehors, l'homme était allongé, assoupi, peut-être mort. J'ai souhaité sa mort. Je suis allée au café, j'ai rallumé mon ordinateur. Je voulais du réel. Du sens. Raconter. C'est ce que j'ai fait. J'ai raconté l'homme passé. Après quelques minutes et quatre phrases, j'étais à sec. Je n'avais plus rien à raconter. L'écran s'est éteint. J'ai souri. J'étais sur la bonne voie.

8.

Ma mère m'appelait tous les jours. Plusieurs fois par jour. Plusieurs fois par heure. Elle me bombardait de questions. Savoir ce que j'avais mangé le midi. Je déjeunais au bistrot à côté de la fac. Il n'était pas charmant, pas chaleureux, mais les serveurs étaient gentils. Je commandais toujours la même chose, un bol de frites. Puis de la mayonnaise. Ils l'oubliaient souvent et manger des frites sans mayonnaise c'était compliqué. Le soir vers vingt et une heures, ma mère rappelait. Je me nourrissais de soupes de nouilles chinoises en sachet. Jusqu'à ce que j'apprenne dans un article qu'elles contenaient de l'aluminium, ce qui augmente le risque de cancer du cerveau. Je ne voulais pas de cancer du cerveau.

Je disais vouloir mourir jeune, suite à un accident. Quelque chose de violent et d'inattendu, comme un bus. Je ne regardais jamais avant de traverser et confondais ma gauche et ma droite. J'avais donc de fortes chances, ou malchances, tout dépend du point de vue, de mourir écrasée par un bus. Je m'étais faite à cette idée. J'en plaisantais avec Sam. Sans vraiment y croire. Je ne voulais pas vieillir, ni risquer de retourner à mes racines. La mort était la seule solution à ce problème. Je ne voulais pas d'une mort lente. Le cancer du cerveau est lent. Même quand il est foudroyant, il reste lent. J'ai donc arrêté les nouilles au micro-ondes. Ma mère était soulagée. Je lui racontais mes journées. J'y ajoutais des amis, copains de fac avec qui j'allais boire des verres après les cours. Elle ne me croyait pas. Nous faisions semblant. Je n'ai jamais pu mentir à ma mère. Il y avait simplement des choses dont nous ne pouvions pas parler.

J'ai commencé les insomnies à l'âge de six ans. Peut-être avant, je ne m'en souviens pas. J'avais peur du noir. Du silence. De l'homme caché sous mon lit qui allait égorger mes parents et me voler Sam. De m'arrêter de respirer. Mon cœur, de battre. J'avais peur de tout. J'avais peur de perdre. J'avais peur de vivre. Je n'arrivais pas à mettre de mots.
À six ans, je ressentais. La vie n'allait pas être simple.
À six ans, j'anticipais la douleur.
À six ans, je savais déjà et je ne dormais plus.
Zolpidem. Zoplicon. Stilnox. Imovane. Atarax. Lexomil. Je somnole. Goût amer dans la bouche. J'avale. Sommeil sans rêve. Sommeil superficiel. Six

heures, pas une minute de plus. La soif au réveil. Perte de mémoire. Dépendance. L'horloge qui sonne. Elle ne m'évoque rien de beau. Aux terrasses de café, les filles parlent anxiolytiques. Le cachet est devenu tendance. J'ai arrêté avant qu'il ne le soit. Suite à un séjour de deux semaines à l'hôpital en pyjama, sans parler, sans penser. Incapable. Cerveau en prison. J'avais des problèmes de sommeil ; ils réglaient mes problèmes de sommeil. Pas plus. Des pilules à heures fixes. À chaque réveil, la sensation d'être passée sous un train. Le monde entier me roulait dessus. Cerveau comprimé ; neurones exterminés. Comme dans un jeu vidéo. Les cachets d'un côté, ma tête de l'autre. J'ai gagné la partie à ma sortie de l'hôpital. J'avais assez dormi pour une vie.

Une nuit. Seize épisodes de *Friends*. Deux cent quatre-vingts « Here Comes the Sun ». Dix avions dans le ciel. Un livre de trois cents pages. Une nuit ; plus de temps. J'avais plus de temps. Dans mon studio, la nuit était l'occasion de faire connaissance avec mes voisins. Appartement 402 : un couple de quarantenaires. À peine plus âgés que mes parents. Sans enfant ; un bulldog français. Elle, les cheveux aux épaules, fine du haut, large du bas. Le visage qui n'a pas assez souri. Les rides qui tiraient son visage au sous-sol. À la cave. Lui, crâne rasé sur un corps d'ancien rugbyman. Un léger strabisme à l'œil gauche. Plus chaleureux que sa femme ; un petit côté pervers

refoulé. J'ai partagé l'ascenseur avec eux une semaine après mon emménagement. C'est tout. Seulement trois étages, soit moins d'une minute. Je ne leur ai jamais parlé. Les murs l'ont fait. Ils laissaient passer les ronflements. Les grincements de lit, de dents, de tout. Le programme télé. Je regardais plusieurs films en même temps. Le four sonnait chez eux. Chez moi, le micro-ondes. Je prenais des bains. Eux des douches. Tard le soir. Tôt le matin. Ils se disputaient souvent. Ne se réconciliaient jamais. Ils aimaient leur chien. Ils le traitaient comme un enfant. Lui regardait des films pornos dans la salle de bains. Elle, des rediffusions de *Docteur House*. Ils baisaient une fois par semaine. Ils ne faisaient pas l'amour. Ils baisaient.
Je partageais leur vie. Sans bruit. Ils ne me connaissaient pas. Ils n'ont jamais sonné à ma porte. J'avais l'âge d'être leur fille. J'étais leur voisine, j'étais silencieuse et je n'existais pas.

À ma droite, appartement 404 : aucun bruit, aucun mouvement. Mais chaque nuit vers quatre heures du matin, « L'Aigle noir », de Barbara. Je connaissais la chanson. Elle me rendait mélancolique. Chaque nuit, à quatre heures du matin, j'étais mélancolique. J'ai appris les paroles. Je me suis ensuite acheté un livre sur Barbara. J'ai découvert le sens caché de la chanson. L'inceste et l'horreur. J'ai réappris les paroles. J'attendais notre rendez-vous chaque nuit. Elle ne le manquait jamais. J'ai pensé que souffrir

rendait la vie magnifique. Barbara et sa chanson en étaient la preuve.
Je le surnommais « voisin mystère ». L'homme aux cent visages ; sans visage. Les rides que je n'avais pas analysées. La voix qui ne me berçait pas. Il ne mangeait pas. Ne se lavait pas. Ne respirait pas. Il était fantôme. Il écoutait Barbara chaque nuit. C'était rien, juste une chanson ; c'était énorme. Il était sensible. Cassé. Seul. Insomniaque. Fin. Il était fascinant.
Après plusieurs mois passés à me questionner sur lui, j'ai décidé de lui répondre. Une nuit à trois heures cinquante-neuf. J'ai placé mes enceintes et mes oreilles contre le mur. « Dis, quand reviendras-tu ? » a jailli. Mon cœur aussi.
Il n'y a pas eu d'aigle noir cette nuit-là mais Lucien a frappé à ma porte et a fait son entrée dans ma vie.

Si son visage n'était qu'une bouche, on pourrait croire au bonheur. S'il n'était que deux yeux, tristesse. Il est les deux. Mon Lucien. C'est ce qui m'a marquée. J'ai ouvert la porte. Deux grands yeux qui racontaient une vie de solitude, une bouche qui promettait qu'ensemble nous allions être heureux.
Nous avons bu notre premier thé. Il faisait nuit et Lucien est venu me chercher. À partir de là, si je le voulais, il me suffisait de passer la chanson pour qu'il m'attende devant ma porte. Je refermais la mienne et entrais dans son monde.

Lucien vivait dans le passé. À notre première rencontre, j'ai repensé aux quelques lignes que j'avais tapées au bistrot. À leur titre. L'homme passé, c'était lui. Il souffrait de syllogomanie, la maladie qui empêche d'avancer. Son appartement était rempli de piles de journaux, de disques, de livres, de photos. De souvenirs. On s'asseyait dans son salon, soit dans les deux mètres carrés disponibles. Il s'allumait une cigarette et nous n'étions plus seuls.
Lucien avait près de soixante-dix ans cette première nuit. Après une carrière de critique littéraire et musical, dans la presse et à la radio, il s'était enfermé entre ces murs. Pour entasser et ressasser. Il vivait seul avec ses fantômes. À force, il en était devenu un. Il se fondait dans ses photos. Retournait sans cesse en arrière. Il était fou de Céline, préférait *Mort à crédit*, qu'il m'a fait découvrir et qui ne me quitte plus depuis. Dans les livres, le temps disparaissait. Juste des histoires. La musique, c'était différent. Chaque chanson l'emmenait quelque part, un endroit que lui seul connaissait.
Le passé qui ne passe pas n'est pas du passé. Il n'est pas derrière. Il est partout. C'est ce que j'ai compris avec Lucien. La musique était partout. Des photos de Gainsbourg et de Brel accrochées au mur. Il m'a prêté ce premier soir un livre de Duras, *La Douleur*. Il m'avait bien cernée. À la première page, une dédicace de Marguerite. L'homme mystère avait un

visage, une voix, un âge et une odeur ; il restait l'homme mystère.
J'observais ses traits. La peau épaisse, barrage aux émotions. Creusée, pour se remplir de maux. Il avait aimé. Aucun doute. Il respirait la passion. Celle qui rend malheureux. Il allait me raconter. Nous avions du temps devant nous. Une nuit : du temps et un ami.
À six ans, je me suis arrêtée de dormir pour rencontrer Lucien.
Souffrir rend parfois la vie magnifique. Lucien en était la preuve.

9.

J'avais un ami. Il avait trois fois mon âge, des troubles obsessionnels et il n'aimait pas prendre de douches. Je m'en foutais ; j'avais un ami. Il respirait et il parlait. Il était vivant. J'avais un ami vivant. Lucien a été une étape importante de ma vie. La naissance de ma vie sociale et l'impression de ne plus être seule sur terre. Ma mère a senti le changement dans ma voix. Elle voulait venir le rencontrer. Je lui ai expliqué que ce serait compliqué. Je ne suis pas rentrée dans les détails. Ils l'auraient effrayée. Elle a commencé à moins m'appeler. Comme si elle sentait que j'avais moins besoin d'elle. Que le moment était venu pour moi de prendre mon envol. Pour elle aussi, d'une certaine façon. J'étais triste quand je l'imaginais seule sur le tapis de la chambre. J'inspirais, expirais ; j'arrêtais d'imaginer.
La journée, j'allais à la fac. J'avais ajouté une option psychologie. Seul cours auquel je ne m'ennuyais pas. Je ne pouvais pas changer à nouveau de filière,

simplement assister aux cours en auditrice libre. Je n'avais pas à passer d'examen, aucune obligation de présence. Juste l'envie. J'aimais apprendre les différentes névroses ; comprendre les maladies qui rongent l'âme ; analyser le cerveau. J'apprenais sur ma famille. Sur le monde et moi. L'un des cours portait sur la syllogomanie. J'étais captivée. C'était concret. C'était Lucien. J'avançais. Plutôt qu'aller voir un psy, je prenais des cours de psychologie.

J'attendais la nuit avec impatience pour raconter mes découvertes à Lucien. J'étais épuisée. Je dormais peu, mais c'était le prix à payer. Je m'inquiétais pour mon nouvel ami. Il ne parlait pas de ce qu'il faisait la journée. Il ne sortait jamais. Savoir comment il se nourrissait. Il n'avait que des boîtes de sardines, des bocaux de cassoulet et des sachets de thé dans ses placards. Il y avait aussi une dizaine de bouteilles de whisky. Je lui proposais de faire ses courses, il refusait. Je ne lui demandais pas son avis et remplissais discrètement ses placards. Il jouait le jeu et ne bronchait pas. Nous étions deux dans cette relation. Il avait besoin de moi autant que moi de lui. Nous étions, l'un comme l'autre, trop fiers et trop effrayés pour le reconnaître.

Il passait des disques, connaissait la vie de tous les musiciens, chanteurs, compositeurs. Le sens et le moment de chaque chanson. Il me faisait la lecture. J'aimais sa voix douce, légèrement abîmée par l'alcool. Je m'endormais parfois à ses pieds. Au réveil, il n'était plus dans la pièce et je quittais l'appartement. Je n'allais jamais dans sa chambre. Il ne dépassait jamais le palier de ma porte. Nous avions des règles invisibles.

Je n'étais pas amoureuse et je ne l'avais jamais été. Je n'étais attirée par personne. Je ne pensais ni aux garçons ni aux filles. Je reconnaissais la beauté. Je préférais les peaux claires et les cheveux foncés. Je me foutais des muscles. Je ne pensais pas au sexe. Je n'y connaissais rien. Ni au mien ni à celui des autres. J'avais tenté de me masturber plusieurs fois. En vain. Je n'ai rien ressenti si ce n'est un doigt. Je prenais un miroir pour observer mon sexe. Je reconnaissais la beauté. Elle n'était pas là.

J'avais eu une première expérience à l'hôpital. Il avait essayé de se pendre dans sa chambre mais il avait mal calculé son coup. Il était trop grand et ses pieds touchaient le sol. Sa tentative de suicide était ridicule. Il avait gardé ses pantoufles. Sa mère l'a trouvé en charentaises sur la pointe des pieds. Il me racontait son histoire et je ne pouvais m'empêcher de rire. Il était vierge, je l'étais aussi. Il m'a demandé si j'étais d'accord de ne plus l'être avec lui. Il était gentil. Je n'éprouvais aucune attirance. C'était moins dangereux. Je ne souffrirais pas. Je ne ressentirais pas. J'ai accepté.

Allongée sur un lit d'hôpital, nous avions rendez-vous à quatorze heures. Les calmants du matin faisaient encore effet. Je ne pensais pas. Je l'ai laissé s'allonger sur moi. Je voulais voir si de l'intérieur, j'étais morte. Il ne m'a pas forcée. Je me suis laissé faire. Je n'ai pas fermé les yeux. Le plafond était blanc. Tout était blanc. Je respirais calmement. Il bafouillait mais je n'écoutais pas. J'attendais la fin. Savoir si je pouvais avoir mal. Je ne m'attendais pas à éprouver du plaisir. J'attendais la douleur, je l'espérais. Je n'ai rien ressenti. Rien. Même mon cœur ne battait pas. Je regardais simplement le plafond. Le reste, je ne sais pas. Il a vite éjaculé. Il était content. Il n'avait plus envie de se pendre. Il m'a demandé si nous pourrions recommencer. J'ai dit non. J'aurais pu répondre oui. L'un ou l'autre m'était égal. J'étais condamnée à ne rien ressentir. J'étais la candidate parfaite pour le viol. Il ne m'a pas violée. Il m'a remerciée. « De rien. » Il a également gardé ses pantoufles. C'était ma première fois.

Je ne voulais pas recommencer.

Lucien n'était pas d'accord. J'avais eu une mauvaise expérience, mais il fallait que je sois plus ouverte. J'étais selon lui faite pour l'Amour. Je secouais la tête. Ce n'était pas une mauvaise expérience. C'était une expérience. Mauvaise par rapport à quoi ? Il ne m'avait pas frappée. Je n'avais pas souffert. Je n'étais pas triste ni salie. Rien n'avait changé. Je n'étais plus vierge. Point. Je me pensais frigide. C'était tant mieux. Je ne serais jamais en manque. Je ne serais pas stupide ni désespérée. J'exaspérais Lucien. Quand, à mon tour, je le questionnais sur sa sexualité et sa vie sentimentale, il se fermait. Il avait été amoureux, j'en avais la certitude. Je n'avais pas accès à cette partie de lui. Je lui racontais mes parents, comment l'amour peut rendre moche. Comment il peut être triste. Selon lui, le blocage venait de ma mère. Je craignais de reproduire le schéma. Il avait peut-être raison. J'avais beau suivre des cours de psycho, je n'avais aucune idée de ce qui se tramait à l'intérieur. Avec le recul, c'était ma façon de me protéger. Je n'étais pas morte de l'intérieur ; je m'y préparais.

Je sortais parfois boire une bière avec des jeunes de ma classe. Ce n'était pas si terrible. Il m'arrivait de sourire mais jamais pleinement. Je m'ennuyais mais j'aimais m'ennuyer. Avec l'ennui, on a le temps. Il n'est jamais pressé. C'est rassurant. L'impression d'avoir du rab de vie. J'observais les gens au café. Ils étaient dans leurs conversions. Dans leurs baisers. Leurs Coca. Leurs vies. La sensation de n'être qu'un point. Le monde, un point dans l'univers. Cette ville. Ce café, jusqu'à cette table. Jusqu'à moi. Un point dans l'éternité. Je m'ennuyais et j'avais ce genre de pensées. Ils parlaient des devoirs à rendre, et de leurs sorties. Je faisais semblant de m'y intéresser mais je n'étais jamais là. J'étais perdue dans l'éternité. Un soir, j'ai suivi le groupe jusqu'à une boîte de nuit. Je n'avais aucune envie de passer toute une soirée avec eux, pourtant j'ai accepté. Sans réfléchir, ce qui ne me ressemblait pas. J'étais toujours à l'intérieur, jamais à l'extérieur. Jamais au présent mais dans un autre temps. En apesanteur. Je flottais au-dessus des vivants. Slalomais entre les conversations. Le monde était en moi ; je n'étais pas dans le monde. J'étais ailleurs, autour. J'étais dans une boîte de nuit, dans le Marais et le présent était sur le point de m'attraper.

À partir de là, l'histoire commence. Je racontais au passé. L'accord des temps, imparfait. Poser le décor. D'où je viens. D'un point A à un point B. Dans ce club, je suis au point B. Une fille, prénom inconnu. Elle se prépare depuis toujours. Elle ne le sait pas mais sa vie va changer. Elle avait peur. Elle avait raison d'avoir peur. À partir de là, elle est projetée sur terre. Elle sort du ventre de sa mère. Ses poumons se remplissent d'air. Elle va respirer. C'est douloureux la vie. Elle le savait. Elle était ailleurs, là où les sentiments ne pouvaient l'atteindre. Elle a accepté de se rendre en boîte de nuit. Elle ne voulait pas. Elle ne croit pas au destin ni au hasard. Et pourtant…
À partir de là, elle ne contrôle plus. Elle n'est plus au-dessus. Elle n'est plus éternelle. Elle est en plein cœur. Et son cœur ? Le compte à rebours a commencé. Elle saute dans le vide sans savoir où elle va. La chute ; l'envol. Chaque chose en son temps. Alors vole. Cours. Crash. Boum. Et son cœur ? Elle avait peur. Elle avait raison. À partir de là, il est trop tard.

10.

Il porte un jean noir et une marinière. Il a les yeux noirs et les lèvres rouges comme si on l'avait mordu jusqu'au sang. Il a la peau très claire. Aucune marque du temps. C'est lisse, parfait. Il n'a pas d'âge. Un point sur sa pommette sous l'œil droit, grain de beauté. Il est beau. Ses cheveux couvrent son front. C'est foncé. La faible lumière m'empêche de différencier le brun du noir. Je saurai plus tard qu'il a les cheveux bruns. Ce soir, ils s'arrêtent au niveau des oreilles, descendent doucement sur la nuque. Il est magnifique.
Je suis bouleversée. Je n'ai pas froid. J'enlève mon manteau, mon pull. J'ai les bras nus. J'aimerais qu'il touche ma peau. Il est à l'autre bout de la pièce. Je veux ses mains sur moi. Je veux sa langue en moi. Je le veux. Il est à l'autre bout de la pièce et il m'a vue. Tout de suite, il m'a vue. Tout de suite, moi aussi. Tout de suite, ensemble.

Il parle et passe sa main dans ses cheveux. Il a les doigts fins. Il rit. Ses dents espacées. Celles du bonheur. L'une d'entre elles cassée, aiguisée. Je veux m'y couper. Il me regarde. L'impression d'exister. De faire ma grande entrée. J'explose l'univers pour ce moment. La terre se craquelle sous mes pieds. Je fuse. Des vagues de chaleur m'éclaboussent. Je suis là pour te rencontrer et je ressens chaque morceau de moi pour te rencontrer. Mon cœur tape contre ma peau. Il veut sortir. Le reste fond. Le reste t'attend. La bouche sèche, je la mouille. Ma langue s'impatiente. J'entrouvre mes lèvres, laisse passer un souffle. Pour lui. Jusqu'à lui. Il l'attrape. Je suis en lui. À jamais, en lui.

La soirée avance, les minutes avancent. Tout avance. Mon verre diminue. J'en reprends. Un, deux, trois. Je suis partie danser. Dans mon crâne, mes neurones ondulent. Sur la piste, ce sont mes fesses. Je n'avais jamais dansé jusqu'à ce soir. Ce soir, les jamais et les préjugés s'évaporent. Jamais ressentir. Jamais transpirer. Jamais éprouver. Jamais mouiller. Jamais désirer. Jamais trembler. Jamais de garçons. Jamais faiblir, blêmir, rougir. Les trois en même temps. Jamais être comme les autres. Toutes ces histoires d'amour à la con. Jamais l'amour. Jamais être amoureuse.
Je suis amoureuse. Je ne te connais pas. Je ne sais rien de toi. Ta bouche ne m'a pas embrassée. Ta main

ne m'a pas caressée. Ta voix n'a rien raconté. Je ne te connais pas. Ton sexe ne m'a pas pénétrée. Je ne te connais pas.
J'étais calme, docile et réfléchie ; je suis une bombe prête à exploser. Je brûle, palpite. Vibre. Jamais trembler ; je tremble. Je claque. Je ne décide plus. Juste un corps, plus de séparation. La musique me pousse vers toi. Mes pieds, centimètre après centimètre. Tu ne bouges pas. Tu me regardes mais tu ne bouges pas. Tu restes calme. Tu sais que ce n'est plus qu'une question de minutes. Moi, je ne sais rien. J'ai désappris à savoir. Je suis seule avec toi. Une chose ; une évidence : je te veux. J'ai vingt ans et je rentre dans ma vie. Celle que j'observais, je l'habite. J'ai vingt ans et je veux. J'ai vingt ans et une passion. Je ne peux plus fermer les yeux. Plus respirer. Plus avaler. Je ne peux plus être comme avant.

Au milieu de la piste, des gens autour de moi. La foule fait des vagues. J'avance. Vitesse lumière. Je rattrape le temps. Vingt ans pour te rencontrer. Je me rapproche et mon cœur déchire l'armure. Celle que j'avais construite. Sous laquelle, à vif. Je suis à vif. Je n'ai plus de protection. Je viens de naître. J'étais cachée ; je suis nue. Vulnérable, je ne me recroqueville pas. Je grandis, plus proche de toi. Deviens ma peau. Plus proche de toi.
Je pensais ne pas être faite pour l'amour. Je suis décomposée. Les morceaux ne s'emboîtent plus.

J'assemble le puzzle. Ce n'est plus le même dessin. Je suis faite pour l'amour. Celui qui vient de me tomber dessus. Lucien avait raison. À présent, je ne suis plus la même. Dans ce bar, je change. Je mute. Je suis mortelle. L'éternité n'existe plus. À présent, je ne connais rien à la suite. Je ne peux plus reculer.

Plus qu'un mètre, face à face. Tu ne parles toujours pas. J'expire. M'adosse au mur. Comme toi. Tu fixes droit devant. Je suis à côté. Regarde-moi. Je n'ai jamais rien attendu, de personne. Tourne la tête. Je ne peux plus revenir en arrière. Je suis immobile. J'attends tout de toi. Je suis fragile, n'oublie pas. Tu ne me connais pas. Regarde-moi, tu comprendras. C'est de ta faute. Une autre vague de chaleur, je bous. C'est violent. Avant, froide ; impartiale. Aujourd'hui, je perds des litres. De moi. Ce que j'étais. Des gouttes sur le sol. Bientôt une flaque. Si tu ne tournes pas la tête, je vais disparaître. Je diminue. Je ne peux plus arrêter. Je dépends de toi. Tu sais. Tu aimes ça. Je suis foutue. Je suis en colère. J'étais au-dessus. Je me fais piétiner. J'étais forte. Ma douleur m'avait rendue ainsi. Elle me protégeait. T'as tout aspiré. Case départ. La course n'a pas encore commencé. Je t'attends.

Regarde-moi.

Inspiration. Ferme les yeux. Flash. J'ai huit ans. Expiration. *Hajime*. Je secoue la tête. Avant, arrière. Droite, gauche. Serre les paupières. « Close to Me » des Cure. Mon talon claque. Premier saut. La batterie donne le rythme cardiaque. Cadence. Deuxième saut. On descend sur la pointe des pieds. Doucement. Mouvement d'épaule. La deuxième. On roule des hanches et du cul. On tape des mains. Trois claps. Secoue la tête, cheveux dans le visage. Gouttes de sueur qui glissent sur mes lèvres. Je lèche. Le refrain. Je lève les bras. Tourne et tourne. Clap clap clap. « Close to Me ». Le combat continue. Le corps n'a pas terminé. Feu dans l'abdomen. Bassin : avant, arrière. Mouvement de sexe. On descend les mains sur les cuisses. Dos cambré. On remonte. Pied droit, crochet. Serre les poings contre le cœur. Boum boum boum. Par trois fois. Sur le rythme. On libère tout. Mains au ciel. Tête en arrière. De l'air, un sourire. Et on tourne à l'infini. Puissance infinie. Je vole. Ne t'arrête pas de chanter. Je monte plus haut. Plus haut. Rien ne peut m'arrêter. Ni toi. Ni personne.

Bam. Cul sur le sol. Fin de la chanson. *Sore-made*. J'ouvre les yeux. L'adversaire a disparu.
Je n'avais jamais dansé jusqu'à ce soir. Je n'avais jamais regardé un garçon. Je n'avais jamais ressenti ce pincement. Le cœur qui grince. Il montre les dents. Tout doux. Il sent le danger. Fin des jamais.

Première danse. Ne pas baisser la garde. Il reviendra. Je serai prête.

Foutaises. Un dernier coup d'œil. La fête est terminée ; les ennuis peuvent commencer.

11.

Des semaines et des semaines. Je ne le connais pas et je n'arrête pas de penser à lui. Je raconte son visage à Lucien. Mon thé refroidit. Il aime cette histoire. Persuadé que je vais le retrouver. Il le sent. Il me le promet. Mon ami me rassure mais s'il avait le pouvoir de prédire l'avenir, il ne serait pas enfermé dans le passé. Je marche dans Paris. Me demande si lui aussi a traversé ce pont. Si lui aussi aime les quais de Seine. Sur quelle musique ? S'il joue d'un instrument. Son âge : plus vieux ou plus jeune que moi ? Il faisait sombre dans ce bar. Il est étudiant, artiste ? Les deux ? Dans quel coin de Paris ? Sa couleur préférée ? Ses amis, s'il en a ? Son préféré de Balzac ? Je suis persuadée qu'il s'agit d'*Illusions perdues*. Peut-être *La Peau de chagrin*. Il est quatre heures du matin, j'oublie mon rendez-vous avec Lucien. Est-ce qu'il a une copine ? Est-ce qu'il m'a trouvée jolie ? Je m'allonge sur un banc. Est-ce qu'il a ressenti ce que j'ai ressenti ?

Il est parti. J'ai la réponse. Je ne le connais pas et ce n'est pas près de changer.
Des mois et des mois. Je ne le connais pas et je pense toujours à lui. Je ne parle plus de lui. Je redeviens celle que j'étais. En apparence. Je ne le connais pas. Chaque matin, je ne le connais pas. Je, tu, il. Peu importe. Je n'ai pas besoin de toi. Je ne te connais pas.

Ma mère a une petite voix au téléphone. Je fais mon sac. Je prends le métro. Vingt minutes pour me rendre à la gare de l'Est. Je prends le train. Au total : une heure et quarante-trois minutes nous séparent. Dans une heure quarante-trois, je serai à la gare de Metz.
Mon père vient me chercher. Il ne vient jamais me chercher. C'est réservé à ma mère. Elle aime être celle qui me retrouve en premier. Elle est compétitrice. Elle gagne toujours. Elle n'est pas là. Mon père parle peu. Il a pris du poids. Trois mois se sont écoulés depuis ma dernière visite. À sa tête, dix ans. Les rides de mes parents sont les seules que je n'aime pas observer. Il travaille beaucoup. Je ne pose pas de questions. Une nouvelle ride entoure ses lèvres. C'est plus fort que moi. Ce n'est pas celle du travail. C'est autre chose. Je ne pose pas de questions. Les yeux rivés sur les lignes blanches de l'autoroute, on roule.

Ma mère est fatiguée. Elle porte un pull col roulé. Celui des mauvais jours. Elle m'attend dans la cuisine. Elle est de dos face au four. Je comprends que quelque chose ne va pas. Ne te retourne pas, Maman. Laisse-moi dans l'entre-deux. Elle a préparé le dîner. Le gigot d'agneau masque l'odeur. Celle des rides sur le visage de mon père, le dos de ma mère : quelque chose ne va pas.

Ne te retourne pas, Maman.

Elle s'est maquillée. Moins que d'habitude. Je suis rassurée de retrouver son visage. Pas de marques du temps. Juste un peu de fatigue et une grosse crève. Tout va bien. Je m'assois à table. Elle me propose un verre de blanc. Pour une fois, j'accepte. Elle me regarde et sourit. Elle est fière. J'ai vingt ans. Elle connaît le chemin parcouru. Souvenirs des années à m'observer dans la cour de récréation. Moi, l'enfant qui ne parlait qu'à une peluche morte. Souvenirs des visites à l'hôpital. Elle sourit. Sa fille a vingt ans, est en vie et elle boit du vin.
Mes parents ne se disputent pas. Mon père débarrasse et ma mère reste à table avec moi. Je décide de rentrer plus souvent. Je ne sais pas si l'accalmie est due à un regain d'amour ou simplement au temps qui passe. Mes parents vieillissent. Ensemble. Mon père descend au bureau. Il attend l'autorisation de ma mère. À nouveau, la sensation que quelque chose

cloche. Les bruits de pas dans l'escalier. Je suis seule avec ma mère dans la cuisine. Je racle le fond du plat avec une fourchette. Je retarde le moment. Celui où je poserai ma fourchette et où nous parlerons. J'entends le clocher de l'église. Le même qui m'empêchait de dormir les nuits d'insomnie. Annonceur de mauvaises nouvelles. Le temps qui passe est toujours une mauvaise nouvelle. Il est vingt-deux heures. Je relève la tête. Ma mère pleure.

J'avais un jour, bien avant ce soir, décidé que mes parents seraient immortels. J'avais raison. Mes parents resteront mes parents. Ma mère restera ma mère. C'est l'éternité. La ride de la douleur a creusé son visage. L'éternité est mortelle.
Ma mère a un cancer.

12.

Ma mère a un cancer.
Le médecin lui a dit qu'elle avait un cancer. La mammographie. La boule dans son sein. Ses prises de sang. Le visage compatissant de l'infirmière. Ses globules rouges et ses globules blancs. Son intuition. Tout depuis quelques mois. Ma mère a un cancer. Tout le monde est d'accord sur ce point.
Tout le monde ; pas moi. Je n'ai rien dit et je ne suis pas d'accord. Ma mère n'a pas de cancer. Je n'ai pas pleuré dans la cuisine. J'ai refusé de pleurer dans un monde où ma mère a un cancer. Dans une cuisine où ma mère a un cancer. Ce monde n'existe pas. Dans le monde ma mère vit. Le monde où ma mère risque de mourir n'existe pas. Dans le monde, le seul possible, ma mère n'a pas de cancer.
Elle me prend la main. La sienne est froide. Certains, au contact de cette main froide, penseraient que le cancer a commencé le travail. Que la mort est en chemin. Que les métastases sont dans cette main.

Mais ma mère n'a pas de cancer. Monte le chauffage, Papa. Maman a froid.
Elle me parle d'un traitement. Les traitements soignent mais ma mère n'est pas malade. Elle m'explique qu'elle va perdre ses cheveux. Ado, elle voulait se raser la tête. Elle n'a jamais trouvé le courage d'aller au bout. Elle rit. Un rire triste. Un rire jaune. Certains trouveraient que son rire pue le cancer. J'aime le rire de ma mère, j'ai toujours pensé qu'elle ne l'utilisait pas assez. Alors ris, maman. Sèche tes larmes et ris. Réchauffe-toi et ris.
Elle doit se faire opérer la semaine prochaine. Un chirurgien prendra un scalpel et raclera sa chair. Il grattera jusqu'à l'os. Je n'avais jamais pensé à cet os. Je n'avais jamais pensé au sein de ma mère. Il enlèvera toutes les cellules cancéreuses. Il enlèvera toutes les cellules. Bonnes ou mauvaises. La semaine prochaine ma mère se réveillera dans une chambre d'hôpital, un pansement autour de la poitrine. Dans une semaine, ma mère n'aura plus de sein. Elle aura des cicatrices. Comment vouloir d'un monde où ma mère n'a plus de sein ? Où ma mère sera mutilée. Où ma mère souffrira. Le chirurgien avec son scalpel n'a pas la réponse. Mon père non plus. Ma mère non plus. J'ai posé une question et je n'ai aucune réponse.
Après son opération, elle commencera la chimiothérapie. Elle ira à l'hôpital et une infirmière lui injectera des substances chimiques dans son sang. Elle sera dans une pièce, il y aura la télé dans cette

pièce. Il y aura mon père. Des magazines. Je me demande comment je pourrai être dans cette pièce. Une pièce qui n'existe pas. Comment m'asseoir aux côtés de ma mère. Lui tenir la main. Lui changer les idées. Lui faire oublier le liquide qui va lui faire perdre ses cheveux. Lui faire vomir ses tripes. La fatiguer. L'empêcher de se lever le matin et rendre la maladie visible. Le liquide qui va imprégner sa peau et dessiner une tumeur sur son front. Comment ? Je pose une nouvelle question et personne n'a de réponse.
Donc ma mère a un cancer. C'est ce qu'ils ont dit. Maintenant, elle doit se soigner sinon le cancer la tuera. C'est ce qu'ils ont dit. Je n'ai rien dit. C'est absurde. On ne répond pas à mes questions mais on décide que ma mère a un cancer et tout ce qui va avec. C'est la décision la plus absurde. La plus ignoble. La plus injuste. J'ai horreur de l'injustice. Je me bats contre l'injustice. Je me bats contre cette décision. Contre ma mère. Ma mère doit vivre. C'est ma décision. La seule qui compte. Si vous voulez que je prenne la vôtre en considération. Répondez à mes questions. Donnez du sens. Car un monde sans ma mère n'a aucun sens.

13.

Lucien n'a pas de solution. Il n'a jamais eu de cancer. Il connaît des gens qui en ont eu. Lucien côtoie des fantômes. Tous les jours, dans son appartement. Ne jamais sortir. Le monde des vivants l'effraie. Seul avec les morts. Il n'a pas de mots réconfortants. Je veux garder ma mère parmi les vivants. Lucien se sert un whisky, il n'a pas de solution.

J'en ai marre. Matin, midi, soir. J'en ai marre. Sentir que tout se fissure. Les gouttes au-dessus de ma tête. Mon ciel fuit. J'ai les cheveux mouillés. Le monde se casse la gueule. Mon monde. Personne n'agit. On reste sous la pluie. On regarde, passif. Les tumeurs sont combatives. Pas comme nous. Elles s'accrochent. Elles grandissent, font des petits. Des petits qui deviennent grands pour faire d'autres petits. Elles voyagent. Seins, estomac, testicules, fesses, sang, cerveau. Même les pieds. On vit dans un monde où on

meurt d'un cancer du pied et c'est normal. J'en ai marre.
Je passe mes jours et nuits à faire des recherches. Ils parlent d'alimentation. Le sucre serait une des principales causes du cancer. Alors ma mère est malade parce qu'elle a mangé trop de chocolat. C'est ridicule. Pas le cancer : nous. La vérité est qu'on ne sait pas, qu'on n'arrive pas à s'en débarrasser. On se cache derrière le sucre et la viande rouge. Maladie de notre époque. Il faut changer d'époque.

Ma mère m'a fait passer des tests pour savoir si j'avais le gène du cancer. Je n'ai pas le gène. Et toi, maman, tu l'avais ? Elle ne sait pas. On fait ce test quand il est trop tard. Alors si je ne mange pas trop de bonbons et que j'évite les steaks, tout ira bien ? Ils ne savent pas. Pas de certitudes. Ce sera le bus ou le cancer. On connaît presque la fin. Le bus ou le cancer. Ma mère a choisi le cancer. Plus lent, plus douloureux. Un peu d'espoir. Avec le bus, c'est simple. Taux de survie : zéro. Le métro et le TGV c'est pareil. Accident de voyageur, on sait. Sec, rapide et efficace. Le cancer est plus vicieux. On a des chances. Certains plus que d'autres. Si ma mère avait eu un cancer du pancréas, elle n'en aurait eu aucune. On révise son anatomie. Où est le pancréas ? À quoi il sert ? Je n'y avais jamais réfléchi avant. Le cancer me donne des cours. Donc avec le cancer du sein, ma mère a plus de chances de rester en vie. Je n'aime pas parler de chances. Il n'y a pas de chances dans la maladie. Il y a des risques. Ma mère risque de mourir. De vivre aussi. Car la vie après le cancer, ça donne quoi ? Sans sein. Amputée d'une partie de nous-même. Qu'est-ce qu'on fait ? On survit. Moi, je choisis le bus.

Donc ma mère se fait opérer. Nous sommes lundi et nous commençons la semaine avec une ablation du sein. Celui qui m'a nourrie. Quand on demande aux chercheurs les effets du lait provenant d'un sein cancéreux sur un bébé, ils ne savent pas quoi répondre. J'ai vingt ans, je ne tète plus ma mère. Mais pour toutes les autres, celles qui sont malades sans le savoir, celles qui donnent le sein sans savoir. Pour toutes celles-là, il n'y a pas de réponse et quand elles apprendront la nouvelle, ce sera la première question qu'elles se poseront : Est-ce que j'ai donné le cancer à mon bébé ?
Il n'y a pas d'âge pour tomber malade. La femme dans la chambre à côté de ma mère doit avoir vingt-cinq ans, pas plus. Elle n'a plus de seins, plus de cheveux, plus d'utérus. Plus rien. Elle ne se posera jamais la question du lait maternel. Ma mère me raconte qu'elle a eu son ablation il y a trois ans. J'ai vingt ans, elle en avait vingt-deux. Mais les métastases sont revenues. À vingt-cinq, elle a une récidive du cancer du sein, sans seins. Et on appelle ça un cancer du sein. Il faut m'expliquer ou changer

l'appellation. Un cancer du sein sans seins, ce n'est pas un cancer du sein. C'est comme dire à un aveugle qu'il a besoin de lunettes. Quelque chose ne va pas. Le monde ne va pas. Il est en panne, personne pour le réparer. Et on reste sous le crachin. On attend qu'il passe. Rien ne passera. Le jour où il n'y aura plus de cancer, il y aura une nouvelle maladie. Elle aura appris de sa grande sœur, ne pas refaire les mêmes erreurs. Être plus vigilante. Elle sera plus rapide. Se faufiler entre les examens. Plus résistante. À force de traiter, on habitue. Un peu comme avec les cafards. À force de les asperger de produits chimiques qui grillent nos cerveaux, ils sont devenus plus forts que nous. Ils ont muté en super-cafards. Ils survivent à un mois sans nourriture. Quarante minutes passées sous l'eau. Vingt au freezer. Ils résistent aux radiations nucléaires. Des tests ont été faits, ils endurent une exposition d'une force capable de tuer un humain en dix minutes. On devrait s'inspirer des cafards. Apprendre d'eux. C'est la même histoire. Certes, on guérit mieux du cancer aujourd'hui mais aujourd'hui, une femme sur huit a un cancer du sein. On oublie de le préciser. Alors non, le monde ne va pas. La femme de la chambre d'à côté pourra le confirmer. Super-cafards, Super-cancer. Et c'est de notre faute.

C'est plat sous sa chemise de nuit. Elle dort, mon père aussi. C'est plat comme le torse d'une gamine de six ans. Je touche ma poitrine sous mon pull et je m'en veux. Je m'assois sur le lit. Ma mère a plus de quarante ans et plus de seins. Je devrais m'en foutre, penser à sa guérison. Sourire, soutenir. Je ne veux pas sourire. Sourire, ce serait accepter. Je te préviens Maman, je ne sourirai pas. Non. Je vais être redoutable. Aucune pitié. Je condamne le cancer à mort. Une mort douloureuse. Il t'a pris ton corps. Je vais le broyer. Je pourrais sourire comme moyen de diversion. Comme les traîtres. Je ne sourirai pas. Je ne suis pas lâche. Si la maladie est monstrueuse, je le serai encore plus. Je vais me battre, Maman. Je ne dormirai pas dans cette chambre. Le cancer est partout. Je le sens. Je ne fermerai pas les yeux en sa présence. Je monte la garde. Je ne m'arrêterai pas. Repose-toi. Reprends des forces. La bataille ne fait que commencer. Reste en vie, Maman. Ne te soumets pas. C'est toi qui m'as appris. T'entends ? Elle dort. Je t'aime, Maman. Alors garde les yeux fermés, dors. Fais le deuil de celle que tu étais. Mais quand tu les ouvriras, prépare-toi. Le cancer ne gagnera pas cette guerre.

14.

Je ne raconte pas l'histoire du cancer.
Je raconte mon histoire et le cancer en fait partie.
Après la première chimio de maman, je retourne à Paris et à la fac. Les seules personnes qui ne m'énervent pas sont les sans-abri. Ceux qui sont exclus du monde, invisibles. Ils ne participent pas à toutes ces conneries. Les sans-abri ne font pas semblant. Ils sont sans abri. À nu. Le cancer ne fait pas partie de leur vie. Ils ont d'autres soucis.
Puis Lucien.
Je ne veux pas parler ; j'allume une bougie. Elle ne parle pas. Sa lumière ne ment pas ; elle réchauffe. Donc les sans-abri, Lucien et une bougie. C'est peu de monde mais c'est la limite de ma tolérance.

À la fac, Les conversations avec les jeunes sont passées de vaines à insoutenables. Tout chez eux m'horripile. Leurs petites histoires ; leurs petites vies tranquilles. Ils ne sont pas malades, leurs mères n'ont

pas de cancer. Alors ils vont bien. Alors je ne les supporte plus.
Le truc rassurant est qu'aujourd'hui, beaucoup de gens vont mal. Certains très mal. Je ne suis donc pas seule au monde. Même parmi mes camarades, je sais que certains cachent de la souffrance. Ainsi, la douleur des autres me permet de supporter la mienne. Ce qui fait sûrement de moi une sacrée égoïste. Je m'en fous. Je m'excuserai le jour où ma mère ne sera plus malade. J'ai le temps, d'après le médecin. Le traitement est long. Le temps d'être en colère contre la terre entière. Le temps : celui-là aussi je l'emmerde.

Je deviens violente. En cours, à chaque question posée qui me paraît futile : je m'énerve. À voix haute. Je m'énerve souvent. Je suis en troisième année de philosophie et plus j'avance, moins je trouve de sens. Mon problème est que ni Descartes, ni Foucault et encore moins mes abrutis de camarades n'ont de solutions à mon problème. Le problème est que mon problème n'a pas de solution. Un problème, en soi, est fait pour avoir une solution. Et quand il n'en a pas, ça ne fait pas sens. Ce pourrait être un bon sujet de dissertation : Qu'est-ce qu'un problème qui n'a pas de solution ?
C'est de l'inquiétude. Des nuits à pleurer. Des dizaines de bougies. De la haine. Les yeux qui brûlent à force de chercher des réponses sur l'ordinateur. Des lentilles de contact sèches. La trouille de répondre au

téléphone. La culpabilité. Des soupes oubliées dans le micro-ondes, plus faim. Plus faim de rien. C'est de la négligence. Les ongles rongés. Quelques kilos en moins. Des dizaines de billets de train. Les lèvres qui tirent vers le bas. L'impression d'étouffer. Partout, le manque d'air. C'est la solitude.
Ma dissertation ne serait pas bonne. Il n'y aurait pas de plan. Je ne peux plus prévoir. L'avenir de ma mère est incertain, je ne peux plus prévoir.

Je suis assise dans le fauteuil face à Lucien, il me raconte comment Gainsbourg pouvait être incontrôlable. Une histoire d'interview et d'insultes. Je ne cache pas mon ennui. Gainsbourg est mort. Parle-moi des vivants, Lucien. Si l'espoir selon toi se trouve de l'autre côté, à quoi bon vivre ? Parle-moi des raisons qui t'ont poussé à t'enfermer dans ces deux pièces. À entasser de la poussière. À bouffer des sardines et à t'en contenter. Pourquoi le whisky et pas le cognac ? T'aimes boire. T'es bon vivant, alors ? Non, parce que dans bon vivant, il y a vivant. T'es juste alcoolique. Pourquoi Barbara ? Un message à faire passer ? Pourquoi ta chambre est-elle toujours fermée ? J'ai plein de questions. Ne fais pas comme les autres, réponds-moi. J'ai l'impression d'être dans un sanctuaire. Il ne faut rien toucher, de peur d'abîmer. On n'abîme pas les morts. Tu vis dans un cimetière. Il faut faire attention à ne pas marcher sur une tombe. C'est sombre. Tu n'ouvres jamais les fenêtres. L'air dehors est

mauvais. Mais ici, ça sent le moisi. Je suis en colère, Lucien. Je ne vais pas bien et tu me parles de Gainsbourg. Mais je m'en fous de Gainsbourg. Ce n'était même pas ton ami. Je ne sais pas si tu as déjà eu un ami. Si t'as un sexe. Si tu t'en es déjà servi. Comment et avec qui. T'as la gueule et l'haleine d'un mec qui a morflé. Alors vas-y, raconte-moi. Vas-y, sens mon haleine. Je n'ai pas mangé, pas bu depuis ce matin. C'est le moment. Ce soir, c'est tout ce qui m'intéresse. Savoir si toi aussi tu souffres.
Rien.
Lucien aime raconter des histoires. Il n'existe qu'à l'intérieur d'elles. Sans elles, il est vieux, il est fou et il pue. La sienne d'histoire, il l'a oubliée, ou il ne veut pas la partager. Peu importe, le résultat est le même. Je ne le connais pas et ce soir, je ne peux plus rester dans ce salon. Je ne veux plus entendre parler de chanteurs qui ne chantent plus. D'écrivains qui n'écrivent plus. Je ne peux plus parler de morts. Car j'ai peur. Ce soir, je suis en colère contre Lucien. Il ne m'a pas calmée. J'ai peur et mon ami n'a pas su me rassurer. Alors, je m'en vais. Lucien est resté dans son fauteuil, silencieux. Il ne m'a pas retenue. Il était sincèrement désolé mais il n'a rien dit. Les morts ne s'excusent pas.
À la porte, je me suis retournée et j'ai vu de la poussière.

Je déplie mon canapé-lit. Je regarde mon téléphone. Un appel en absence de ma mère. J'hésite à la rappeler, pas longtemps. Il est tard. Je m'allonge. Sam à mes côtés, fidèle à son poste. J'allume la télé, rediffusion de *La Boum*. Avant j'adorais ce film. Je l'avais regardé la première fois dans le salon de mes grands-parents, pendant un repas de famille qui tardait à finir.

C'est toujours la même chose avec les repas de famille. On dit en arrivant qu'on va partir tôt. Après le gâteau. Puis on mange trop. On boit trop. Après le gâteau, il y a les digestifs. Après les digestifs, il y a le café. Après le café, il y a l'engueulade. On ne part jamais juste après le gâteau et les enfants finissent toujours devant un film. J'avais onze ans et j'ai béni chaque étape du repas, même l'engueulade. Pourvu qu'elle dure. J'entendais ma mère chialer, ma grand-mère aussi et c'était le dernier de mes soucis. Vic était à sa première boum. Elle tombait amoureuse pour la première fois. Ça valait toutes les engueulades du monde. Dans la voiture, mes parents ont continué les festivités. Je ne les entendais pas. Je réfléchissais à un moyen de revoir *La Boum*. C'est devenu mon obsession la semaine qui a suivi. Un soir ma mère est revenue du vidéo-club avec *La Boum* à la main. Je l'ai regardé une vingtaine de fois. J'ai la capacité à revoir un film en boucle sans jamais m'ennuyer. Ma mère était rassurée. J'aimais *La Boum*, comme la plupart des filles de mon âge. Je n'étais

donc pas si bizarre. *La Boum*, pour ma mère, c'était l'espoir que sa fille ait des amies. Qu'un jour, je tomberais amoureuse comme Vic. Que mes angoisses et ma solitude ne seraient que passagères.
J'aimais *La Boum.* C'était pour ma mère la promesse d'une vie normale.

Dix années ont passé. La scène qui à onze ans me faisait vibrer passe à la télé. Elle passe et je la regarde sans rien ressentir. Il n'y a pas eu de vie normale. *La Boum* n'a pas tenu sa promesse. J'éteins la télé.

J'allume une bougie. Chaque chose a une fin. Un film, une journée, une vie. J'ai le temps, a dit le docteur. Oui mais combien de temps ? Qu'est-ce qu'il y aura à la fin de ce temps ? La bougie aussi a une fin. Elle s'éteint. Je m'endors dans le noir.

15.

Je commence la boxe. Besoin de frapper. Les murs : trop fins. Les gens : trop vivants. Mes poings : trop fragiles. Je me suis recoupé les cheveux pour faire comme ma mère. Je joue au garçon mais je pèse quarante kilos. Je vais sûrement me faire exploser à mon premier combat mais tant pis. Au moins ma gueule reflétera l'intérieur. Oui, car sous ma peau, c'est un chantier de démolition.

C'est face au mur de la fac que j'ai pris cette décision. Je sortais d'un cours sur Foucault. L'étude de *Surveiller et punir* et l'impression de n'être qu'un pion. Le supplice a muté. On ne tenaille plus les mamelles. On donne des horaires, des bureaux et des devoirs. Prison aux barreaux transparents. On fait semblant d'avoir le pouvoir de choisir. On ne choisit rien. C'est déjà écrit. La liberté : une fiction. Un concept que les philosophes étudient. Ils ne sont pas d'accord et ils se cassent la tête à trouver la clé. Moi,

je ne me casse pas la tête, je sais que je ne suis pas libre. J'ai une infime marge de manœuvre. Choisir mes fréquentations. Mes lectures. L'heure à laquelle j'éteins la lumière. Sécher les cours, ou pas. Je pourrais dépasser les limites et tuer quelqu'un, n'importe qui. Je ne le fais pas. C'est d'ailleurs intéressant de marcher dans la rue et de se dire que n'importe qui pourrait sortir un couteau et le planter dans le dos de n'importe qui. N'importe qui peut tuer n'importe qui. Peu de gens le font. Une question de morale. Le sujet préféré des philosophes. Certains disent que la morale nous permet d'accéder à la liberté ultime. Là encore, il y a débat. Il n'y a que des débats, en philosophie. Des thèses et des antithèses. On démonte la poupée russe indéfiniment. Et dans la dernière poupée, je ne suis toujours pas libre. Foucault avait raison, les prisons ont changé de forme. Elles se sont radoucies. Elles sont bien nourries. Ce ne sont plus seulement les meurtriers qui sont concernés. C'est tout le monde. La tenaille sur les mamelles, c'était plus franc.
Je suis sortie du cours oppressée. J'ai tapé ma tête contre le mur et je me suis fait mal. Sur le mur, il y avait des papiers accrochés. Celui sur lequel ma tête a cogné parlait d'un cours de boxe. Je n'étais pas libre mais j'ai décidé de me battre.

L'entraînement a lieu dans un gymnase à Montparnasse. Le cours d'essai est gratuit. Le judo et la boxe n'ont rien en commun. Si ce n'est la volonté de mettre son adversaire au tapis. J'ai beaucoup d'adversaires. Je ne peux pas les atteindre directement. Je vais devoir me contenter de la personne qui se retrouvera sur le ring face à moi. Un cours mixte. Pas de différence entre les sexes. J'aime l'idée. Au judo, à l'entraînement, je mettais les garçons au tapis. J'étais une terreur. En compétition, on combattait entre filles. Je finissais toujours médaille d'or. Mes parents au premier rang. Ils ne se disputaient jamais. Ils avaient assez à faire avec les autres parents qui beuglaient ma mise à mort. Ma mère en devenait violente. Elle a vite été rassurée. C'était moi la tueuse, jamais l'inverse.

L'entraîneur, un militaire à la retraite, est autoritaire. Une série de pompes pour commencer. Puis la corde à sauter. Les filles à l'école savaient toutes sauter à la corde. C'était la mode. Je n'étais pas à la mode et je ne faisais pas partie de leur bande. J'appréhende chaque saut. J'enjambe la corde, je ne saute pas.
Exercices. Nous enchaînons les mouvements. J'ai de la force mais aucune technique. J'attaque mais je ne me défends pas. Je suis redoutable, j'ai promis. Je ne suis pas libre mais dans cette prison, je gagnerai. Je prends des coups. Tout doucement. Mon adversaire est gentille. Moi, petite chose nerveuse. Elle, en place et sereine. Garde haute. J'avance sans voir. Direct court. Petite secousse. Elle y va tranquillement.

Elle me laisse m'exciter. Elle donne des conseils mais je n'écoute pas. Je veux gagner mais je ne gagne pas. C'est insupportable. J'ai trop de colère. Elle sort trop vite. La colère n'est pas intelligente. Moi, si. Le jour où j'arriverai à la contrôler, je serai imbattable.
Je sautille en vain. Le professeur m'arrête. Il demande aux autres de s'asseoir pour observer. Sur le moment, j'ai du mal à comprendre. Je suis un peu sonnée. Seule au milieu d'inconnus. Un retardataire fait son entrée. J'entends la porte qui claque. Je ne me retourne pas. Je m'apprête à combattre. Je devine au sourire du professeur que le retardataire est un habitué du club. Je suis agacée. Je ne me retourne pas. Je suis la meilleure. Pas lui. Pas vous. Moi. C'est pourquoi je suis ici. Pour me défouler. Pour frapper. Pas pour apprendre. Encore moins pour me rendre compte qu'il y a plus fort que moi.

L'entraîneur demande au retardataire de me rejoindre. De donner l'exemple. Je ne veux pas servir de cobaye. Être celle qui montre les erreurs à ne pas commettre. Je tiens tête. Tête baissée. Je serre les dents. Les poings sous mes gants. Je serre pour ne pas pleurer. C'est ce qui arrivera si je lève la tête. Si je suis confrontée à meilleur que moi. La réalité. Le cancer est mon adversaire. S'il est plus fort, mon monde va s'écrouler. Pour l'instant, il tient en équilibre. Un souffle et tout s'effondre. Alors ne souffle pas. Garde la tête baissée. Par pitié, ne souffle pas. Ne m'écrase pas. Ne grandis pas. N'attaque pas. Reste où tu es. Derrière moi. Moi, devant. Je dois être devant. La tête, c'est moi. Tu m'as déjà pris le reste.

À nouveau, le professeur me demande de me mettre en position. Je ferme les yeux. Tourne doucement les talons. Je suis face à l'adversaire. Je serre mes paupières à présent. Des rires dans la salle. On ne combat pas les yeux fermés.
J'ouvre les yeux. Uppercut foudroyant. L'adversaire devant moi. Encore à quelques mètres. À la lumière du jour cette fois. Je voulais me battre. Mais pas cette guerre. Plus d'énergie. Il faut économiser. Respire. L'adversaire avance vers moi. Je ne bouge pas. Mon cœur ne sait pas se défendre. Ma tête : garde haute. Ses lèvres rouges. Sa peau claire. Ses yeux noirs. J'étais en colère. J'étais décidée. Je ne sais plus ce que je suis. Je pose des questions. Cette fois, c'est moi qui ne réponds pas. Je panique. Je sue. L'adversaire me regarde. Les autres n'existent plus. Le monde n'existe plus. Je ne sais plus rien car plus rien n'a d'importance.
Juste ses pas, de plus en plus proches de moi.
De la piste de danse au ring. Une année. À nouveau face à face. Tu le savais. Tu es calme. Tu maîtrises. Cette fois, je ne danse pas. J'attends le coup. Celui qui me mettra au tapis. Alors viens.

Tu es beau. Tu es redoutable. Face à toi, je ne sais plus rien.
En un regard, tu as tué le cancer et ma colère.
L'adversaire c'est toi.
Je, tu, il. Je t'attends, alors viens.

16.

Au tapis. Il retire ses gants, me tend la main. Première étreinte. Je souris. Je souris comme on ne sourit pas. J'invente le mot sourire. C'est plus que de la joie. Plus que les deux rangées de dents dévoilées et les pommettes rouges. C'est l'explosion. C'est le cœur qui tourne encore et encore. C'est « Modern Love » de Bowie en boucle. Toutes les comédies romantiques réunies. Hugh Grant peut aller se rhabiller. Ce n'est pas de la guimauve. Il n'y a rien de mou. C'est puissant. Solide. Invisible. C'est un sourire. Juste ça. Le mien ; le sien. La sensation de trouver du sens.

Je suis debout, les joues rouges, face à lui. Il ne dit rien et je refuse de parler en premier. Même si j'en crève d'envie. Même si ma gorge me gratte. Si mes neurones font des sprints dans mon cerveau. Si mon ventre noué attend sa délivrance. Si ma peau s'apprête à prendre feu. Si mon sourire est intact et que je passe pour une illuminée auprès des autres.

Peu m'importe. Je ne parlerai pas. J'ai perdu le premier round. Je ne perdrai pas le deuxième. Je tiens le regard.
Je suis forte à ce jeu. C'était mon préféré. J'y jouais avec tout le monde. Mes parents, grands-parents, professeurs, serveurs, vendeurs, passants, chiens, chats, arbres. Tout le monde. Ma mère me demandait de baisser les yeux. Je ne les ai jamais baissés. Je tenais tête. Ne pas ciller. Tenir. Toujours tenir. Même quand j'avais soif, faim ou que la laine de mon pull me démangeait. Je tenais. Je disais avoir le regard qui dure toujours. Aujourd'hui encore, je veux qu'il dure. Avec lui, toujours.
Là, c'est proche du supplice. Je repense à Foucault, à la torture des mamelles. On y est presque. Alors parle. Parle car je ne parlerai pas. Parle car c'est une souffrance. Je suis fière, je suis forte ; mais parle.
Les secondes volent au-dessus de nos têtes. En suspens. Les élèves observent. Un vrai match de boxe sans la boxe. À celui qui parlera le premier. La tension à son comble. Je tremble. Sur le point de tomber. Pas besoin de cogner. Reste silencieux. Plus efficace. Je ne parle pas. Toi non plus.
C'est la fin du combat. Il n'a pas parlé. Moi non plus. Je suis *chaos*.

Dans les vestiaires, on est passé au jeu du roi du silence. À celui-là aussi, j'ai fait mes preuves. Je fais

couler l'eau sur mon visage. J'efface le rouge de mes joues. L'humiliation. Je frotte.
Au quotidien, je me sens impuissante, seule et différente. Chiante, aussi. Ce soir, je me sens conne. Je n'aime pas. J'ai toujours une longueur d'avance. Là je suis en retard. Sous terre. À la cave. Avec les rats et les déchets de tout Paris. C'est là que se trouvent les cons. Du moins, les cons qui ont conscience de ce qu'ils sont. Car pour les autres, les vrais cons, c'est une autre histoire. Ceux-là, ils sont au-dessus. À côté, partout. C'est ce qu'ils croient. On les laisse croire. C'est le propre du vrai con que de se penser intelligent.
Je n'ai pas été intelligente. À nouveau, j'ai foncé dans le panneau. Celui qui disait « Recule ! » avec des clignotants, une fanfare et tout. Celui-là, je l'ai ignoré. Non, moi, la conne, j'ai préféré celui qui disait : « Viens te prendre un autre vent… » D'ailleurs je trouve la métaphore du vent très juste. Le vent ne parle pas.
J'essuie mon corps qui tremble encore. Je comprends mieux pourquoi la plupart des philosophes étaient seuls. Celui qui dit que les passions réduisent l'homme à l'état de servitude a raison. Sur la deuxième partie : la philosophie a pour rôle de guérir l'homme, je suis moins sûre. J'ai été conne. Avant ce soir, et cet autre soir il y a un an, je n'avais jamais été conne. C'est clair. Le panneau, cette fois, je le vois. C'est écrit en caractères gras : Arrête !

Je suis la dernière à sortir du gymnase. Il est adossé au mur de l'autre côté de la route. Il me regarde et il est seul. On pourrait croire qu'il m'attend. Mais je ne me ferai pas avoir cette fois. Inspiration. Ne baisse pas les yeux. Ne souris pas. N'avance pas. Expiration. Je ne traverse pas et continue mon chemin. Un autre chemin du coup, plus long. Plus fier. J'ai gagné le deuxième round. L'amour rend bête. Je me réjouis de ne pas avoir traversé une route. Bah voyons !
J'allume une clope. Je ne fume pas mais j'ai toujours un paquet sur moi. Je ne fume pas, le paquet est toujours rempli. C'est pour l'attitude. Pour ce genre de moment. Je presse le pas. J'aime avoir l'air occupée. Je pourrais être attendue quelque part. L'amour fait mentir. Je m'invente une vie. Personne ne m'attend. Si ce n'est Sam, ma peluche ressuscitée. J'ai un commentaire composé pour demain sur un texte de John Locke à rédiger en anglais. Un programme réjouissant. J'ai toute une soirée devant moi. De la marge. J'ai de la marge.

« Bonsoir. » Il est à côté de moi. Je ne l'ai pas vu traverser. Je ne l'ai pas entendu marcher derrière moi. Il est à côté de moi. Il m'a parlé. Il m'a dit bonsoir. J'encaisse. Beaucoup de choses à gérer. Rester impassible donc ne pas sourire. Ne pas m'étouffer avec la fumée de ma cigarette. Ne pas l'asphyxier. Continuer à marcher, vite de préférence. Ne pas trébucher. Ni grimacer. J'ai tendance à tout exprimer avec mes yeux. Rester sobre. L'air détaché. Tirer sur ma cigarette. Souffler de manière élégante. Droit devant. Puis le moment venu dire : Ah, salut ! Comme si je ne l'avais jamais remarqué. Comme si cette soirée dans cette boîte de nuit n'avait pas existé. Comme si je m'en foutais de lui, de ses lèvres rouges et de ses yeux noirs. Comme si chacun de mes gestes n'était pas calculé. Beaucoup de comme si. Beaucoup de choses à gérer. Pour un simple bonsoir. L'amour rend dingue.

Il m'invite à boire un verre. Mon corps se démembre. Je laisse une jambe et un bras sur le trottoir. Je ne sens plus rien. Ni la fatigue, ni la faim. J'avais une soirée devant moi. Simple et raisonnable. J'avais de la marge. Erreur. Je n'ai pas une soirée devant moi. Ni de la marge… J'ai une vie.
Des commentaires composés, il y en aura d'autres. En anglais. Français. Espagnol. J'apprendrai même le japonais s'il le faut. J'ai toujours aimé la culture japonaise. Plus de poésie à la fin des films. Quand l'héroïne saute dans le vide. Elle ne meurt pas : elle s'envole. Le sol ou le ciel. Le rêve ou la réalité. Je décide de m'envoler. Je ne vais pas me crasher sur le béton. Je décide de rêver. J'ai gagné le troisième round. Deux-un pour lui. Je suis prête pour le suivant. J'accepte l'invitation.

17.

Je dis tu. Avant, c'était confus. Deuxième ou troisième personne. Je mélangeais. Maintenant je sais. C'est simple. C'est toi. Je ne te nomme pas. Je ne me nomme pas. On reste deux inconnus. Ce sera juste toi et moi. Par la suite, dire ton prénom deviendra insupportable. Le mien aussi. Ce ne sera plus simple. Mais la suite je ne la connais pas encore. Pour l'instant, c'est toi et moi à la terrasse d'un bistrot avec vue sur Montparnasse.

Je fume ma quatrième cigarette. Je n'ai plus de poumons mais je respire mieux que jamais. Tu m'en prends une. Tu fumes mieux que moi. C'est plus naturel. Tu fais signe au serveur. Je veux un verre de vin blanc. C'est plus simple qu'un cocktail. Plus classe que la bière. Je ne connais rien au vin. Chez moi, on prime la quantité, pas la qualité. On aime le vin blanc sec et pas cher. J'ai donc demandé au serveur sec et légèrement fruité. Fruité, j'aime bien

ce mot. Tu as commandé pour moi un verre de menetou-salon.
Le vin est bon, cher, mais c'est toi qui payes. Tu es plus âgé. Pas beaucoup plus, juste quelques années. Tu n'es plus étudiant. Tu es musicien, je l'aurais deviné à tes doigts. Tu as des bagues, six au total. Je me demande si chacune a une signification. Piano ? Non, guitare. Tu chantes aussi. Avant dans un groupe de rock, aujourd'hui dans ta chambre. Tu bosses pour un label de musique, service marketing. Je te demande ce que marketing veut dire et tu ris. Tu donnes des cours dans une école de commerce. Je te trouve jeune pour être professeur. J'aimerais t'avoir comme professeur. Tu es curieux. Tu as suivi beaucoup de formations. L'hypnose en fait partie. Je me demande si c'est ce que tu es en train de faire avec moi : m'hypnotiser. Tu le fais bien car je ne remarque rien. Tu lis énormément. Tous les jours, un livre dans ton sac. Un point en commun. Sauf que toi, tu finis toujours le livre. Moi, il est là pour me rassurer. Je ne l'ouvre pas forcément. À côté de toi, je suis une petite joueuse. À côté de toi, je me sens idiote. Trop simple. J'essaye de mettre de la passion dans mon parcours. Mais tu vois clair en moi. La passion, elle se trouve à cette table. Pas dans mon passé. Encore moins dans mes études.
Tu préfères la littérature classique. J'ai en tête les nuits passées à écouter Lucien. Je sors deux, trois anecdotes. Elles sonnent faux. Elles ne m'appartiennent

pas. Je veux impressionner, c'est raté. J'arrête de parler. Rester moi-même. Rester silencieuse.

Finalement, tu commandes une bouteille. J'aime la façon dont tu t'adresses au serveur. Tu n'es pas pressé. Tu te fous de demain. Est-ce que c'est toujours comme ça ? Tu te fous toujours de demain ? Moi je pense à demain. Si je serai avec toi. J'étudie ton visage mais je n'y arrive pas. Je reviens toujours au même point. Tes lèvres. Je ne regarde pas tes yeux ni tes mains. Je me demande si tu vas m'embrasser ce soir. Tu as grandi à Paris. Tu aimes cette ville. Je crois que moi aussi. Tu me demandes d'où je viens. Je te raconte. Mes racines : villages en -ange. Uckange, Budange, Hagondange… j'en passe. La choucroute de Mamie. La Suze de Jean-Noël. Fête de la Mirabelle. Miss Mirabelle. Mon père m'a inscrit au concours pour faire plaisir à sa mère. Elle adore toutes les émissions de Miss. J'avais seize ans, j'ai vécu la honte de ma vie. Je n'ai pas gagné. Je me suis retrouvée première dauphine, et c'était encore plus humiliant. Ma grand-mère était déçue, mon père désolé, ma mère en colère contre le jury et mon père. Je te fais rire. Ton rire n'est pas silencieux. Je te parle de Sam. Je ne parle jamais de Sam. Tu ne te moques pas. Tu dis vouloir le rencontrer. Là, je m'arrête un moment. Il faut que j'avale ma gorgée de vin, mon excitation, ma joie, ma salive. Tu veux rencontrer Sam. Tu veux me revoir. Tu veux rencontrer Sam

mais Sam habite chez moi. Tu veux donc venir chez moi. Je vis dans un studio, Sam aussi. Soit une pièce qui fait chambre et salon à la fois. Tu veux venir dans ma chambre. Chambre dans laquelle il y a un canapé. Canapé qui fait aussi lit. Tu veux venir dans mon lit. Sam est sous mon oreiller. Tu veux poser ta tête sur mon oreiller. Il n'y en a qu'un. Je peux continuer à décortiquer mais ce sera trop long pour une gorgée et je dois avaler. Je dois avaler sinon le vin va me ressortir de la bouche. Pire, par le nez. Ce sera dégoûtant. Tu ne voudras plus rencontrer Sam. J'avale.
Je reste évasive sur mes années de lycée. Je ne sais pas si tu es le genre de personne à passer des séjours en psychiatrie. Je ne veux pas t'effrayer.
L'amour rend aveugle. Je ne vois pas qui est assis en face de moi.

Tu lis en moi. Avec tes grands yeux noirs. Tu questionnes en silence. Je déballe à voix haute. J'ai chaud, j'ai froid. Je passe une dizaine de fois la main dans mes cheveux. Ils sont sales à présent. Tu ne supportes pas d'avoir les mains sèches. Tu lèches ton index, ton pouce, puis tu frottes tes mains. Tu répètes ce geste plusieurs fois par heure. Tu es gêné quand je le remarque. Tu n'es pas si tranquille. Sous la table, ta jambe s'agite. Tu remues. Tu es nerveux. Quelque chose de sombre en toi. De la mélancolie. Les rôles s'inversent. Je te souris. Tu cherches à reprendre la main. Tu me demandes si j'ai faim. Je crève de faim mais je mens. Je ne veux pas manger. Pas ce soir. On est en dehors de la réalité. On aura le temps de manger. De se laver. De marcher. D'aller aux toilettes. De se rendre au boulot. D'acheter de la bouffe, des fringues et du Sopalin. On a le temps. De la marge. Je ne sais pas si j'ai de la marge. La marge, c'est pour les gens détendus. Je ne suis pas détendue. J'ai la vie devant moi mais j'ai peur de l'heure qui va suivre. Je n'ai pas de marge. Je ne veux pas manger.

Le bar ferme. Quatre heures face à face. Ne pas aller trop vite. Je n'ai jamais passé quatre heures avec un être vivant sans regarder l'heure. Je n'ai jamais été pleinement avec quelqu'un. Et toi ? Je n'arrive pas à me lever. L'alcool et autre chose. Ce qui m'a empêchée de manger. Une force magnétique m'oblige à rester sur cette chaise. Tu me fixes. Tu me fixes à cette chaise. Personne n'a d'emprise sur moi. J'ai le dernier mot. Je ne cherche jamais à débattre, simplement parce que j'ai la certitude d'avoir raison. Quand ma mère m'engueule pour mes pantoufles, je vais les chercher. Avec la conviction que mes pieds ne feront pas de marques sur le sol. Je ne transpire pas. Je pourrais très bien rester pieds nus. J'ai raison et j'enfile mes pantoufles. Quand mon père se moque de moi car j'ai employé un mot qu'il ne connaît pas, je ne riposte pas. Je pourrais aller chercher le dictionnaire et lui prouver qu'il a tort. Je n'ai pas besoin. J'ai raison donc je me tais. Il en va de même avec certains professeurs. L'autre jour l'un d'entre eux affirmait que l'oiseau d'*Un cœur simple* s'appelle Kiki. L'oiseau s'appelle Loulou. Kiki, c'est le nom du premier chien de ma grand-mère. Il s'est trompé et je l'ai laissé dans l'ignorance. Tant pis pour lui. Le bar ferme. Je n'arrive pas à bouger parce que tu me regardes. Ce soir, je n'ai pas le dernier mot. Ce soir, tu as le pouvoir. Je ne cherche pas à débattre. Pas parce que j'ai raison, simplement parce que face à toi, je n'y arrive pas.

Ils commencent à balayer. Tu te lèves et je décolle mes fesses de la chaise. Tu n'habites pas loin mais tu ne me proposes pas de finir la soirée chez toi. Tu me commandes un taxi. Trois minutes. C'est le temps que l'application nous donne. Dans trois minutes une voiture s'arrêtera devant nous et je devrai monter dedans. Trois minutes, c'est une chanson. Une des Beatles. Tu aimes « Blackbird ». Trois minutes, c'est le temps que mon bol de pâtes passera au micro-ondes. C'est la pub sur France 3. TF1, c'est le double. C'est mon bain qui est prêt. C'est le temps de pose de mon masque pour les cheveux. L'attente dans le métro. Toujours trois minutes. Deux stations, de Strasbourg-Saint-Denis à Étienne-Marcel. Trois minutes : tu me fais la bise et me dit « À la prochaine ». Trois minutes. J'encaisse. Trois minutes. Le temps d'un baiser mais tu ne m'embrasses pas. Le temps de me dire que tu as très envie de me revoir mais tu me dis « À la prochaine ». Je chute de mille étages. Je défonce le béton. La tête en premier. Mon ego, zéro. Mon cœur ralentit. Mon corps se recroqueville. Trois minutes. Il aurait pu se passer des choses en trois minutes. Il ne s'est rien passé. C'est la vie réelle, pas un film japonais. Elle saute dans le vide. Elle ne s'envole pas. Elle se crashe. La voiture est arrivée, je monte dedans et tu claques la portière.

Le trajet a duré trente minutes. La montée de l'ascenseur une minute cinquante. Puis la clé dans la porte. Quelques secondes. Je prépare mon lit : deux minutes. Retire mes vêtements : moins d'une minute. Je serre Sam contre ma poitrine et éteins la lumière. J'arrête de compter. Tu avais le temps. Mon téléphone vibre. Je lis : Bonne nuit Blackbird… Le temps de m'écrire.

18.

Dans l’ascenseur. Tu habites au septième étage. Mon reflet dans le miroir. J’ébouriffe mes cheveux, pince mes joues, mouille mes lèvres. Mon tee-shirt est trop moulant. Je tire sur le col. Crac. Mon tee-shirt est déchiré. Encore quatre étages. Je recommence. Cheveux, joues et lèvres. Mon téléphone vibre : ma mère. J’hésite à répondre. Répondre ce serait redescendre. Je veux monter. Cinquième étage. Mon téléphone ne vibre plus. Ma mère a commencé la chimio. Ma mère est malade. Je culpabilise. En hauteur. Sixième étage. Toujours plus haut. À nouveau le reflet. Cheveux, joues et lèvres. Je pince plus fort. Tout plus fort. L’excitation. Je serai bientôt chez toi. La peur. Je serai seule avec toi. La culpabilité. Ma mère a un cancer. Le mélange des trois. Je pourrais répondre au téléphone, être avec Maman sur le tapis de sa chambre. Lui tenir la main. Je pourrais être chez moi, rassurée, Sam sur mon ventre. Me réconcilier avec Lucien. Avoir un ami. Ne pas avoir peur.

Toujours devant le miroir, les portes s'ouvrent. Septième étage. Il n'y a pas de mauvais choix. Il y a un choix. Une fraction de seconde et un choix. Comme dans un match de boxe. Pas de mauvais coups. Il y a ceux qui les mettent et ceux qui les reçoivent. Ce qu'il y a après, entre, à côté. Ce n'est pas moi. Je suis dans un ascenseur, devant un miroir. Qui je suis ? Je n'ai pas répondu au téléphone. Je ne parle plus à Lucien. Sam est seul sous mon oreiller. J'ai fait mon choix. Je sors de l'ascenseur.

Inspiration. Tu ouvres la porte. Tu portes un tablier. Tu cuisines pour moi ce soir. J'ai rapporté une bouteille de menetou-salon. Tu souris. Tu m'imagines passer une heure au rayon vins. Lire l'étiquette de chaque bouteille. Demander conseil au vendeur. Suivre le conseil. Aller à la caisse. Puis courir remettre la bouteille à sa place. Prendre le menetou-salon. Je t'impressionnerai un autre soir. Tu prends mon manteau. Je te suis au salon. Cuisine ouverte. J'aime ton appartement. Par la fenêtre. Tout en haut. Je touche le ciel. Tu touches ma peau. Derrière moi. Tu as posé ta main sur mon bras. Tu as la main froide. Je pense à ma mère. Elle aussi a les mains froides. C'est le problème du cerveau. Il va où il veut. Il est avec ma mère. Là où il fait froid. Tu poses l'autre main sur mon autre bras. Frisson. De dos. Je ne te vois pas. Tu sens bon. Ton parfum, épicé. Ton souffle. Je tremble. Intérieur. Extérieur. Je tremble. Mon cœur.

Mon estomac. Mon sang. Tout tremble. Je regarde Paris. Je ne suis jamais montée aussi haut. Intérieur. Extérieur. Je ne vole plus au-dessus des vivants. Je suis vivante. Entre tes mains. Septième étage. La vie devant moi. Ce qu'il y a après, entre, à côté : je m'en fous. Je suis vivante. Un moniteur cardiaque à la place du cerveau. Ma musique : bip bip bip. Tu te rapproches et colles ton torse à mon dos. Paris nous observe. À travers cette fenêtre, le monde est braqué sur nous. Il s'arrête de respirer. Ne faire aucun bruit. Immobile. Toi, en mouvement. Tes mains qui descendent sur mes hanches. Ton odeur de plus en plus proche. Ta bouche sur ma nuque. Imprégnée. Toi sur moi.

Je respire. C'est irrégulier, comme mon rythme cardiaque. La vie est irrégulière. Je suis tout en haut ce soir. Mon corps résiste à la pression. À la terre entière. En apesanteur.
Mes pieds dans le vide. Ne me lâche pas. Je pourrais tomber. Tout en bas. Tu ne me lâches pas. Je ferme les yeux. Je ne pense pas au passé. Ce qu'il y a derrière m'éloigne. Je m'accroche à toi. Au présent. Entre tes mains. Je suis fragile. Tu le sais. Tu ne me lâches pas. Tu ne me lâcheras pas. Je me retourne. Tes mains sur moi. Tu serres. Tu marques. J'ouvre les yeux sur ton sourire. Tu m'embrasses. Tes lèvres sur les miennes. Ta langue en moi. Je veux tomber. Tu me retiens. M'abandonner. Je baisse la garde.

Dans tes bras. Je suis à l'intérieur de toi. Toi en moi. Ton odeur, du musc mais pas que… Ton souffle, de l'air. Plus besoin de respirer. Ta salive. Embrasse-moi. Surtout ne t'arrête pas.

Tu ne t'arrêtes pas. Tu me déshabilles. Mon débardeur. Ta langue sur mes seins. Mon jean. Tu caresses mes jambes. Ma culotte. Tes mains sur mes fesses. Tu les agrippes. Je n'ai pas peur. Je ne culpabilise pas. Excitation. Désir. Ta bouche descend. Moi debout. Dos à Paris. Tes mains sur mes fesses, face à Paris. Les lumières de la ville sur nous. J'aime être vue avec toi. Je veux être vue avec toi. Je n'étais qu'un point. À nous deux, un monde. Qu'ils nous regardent. Eux, les points. Ta langue sur mon sexe. Ton souffle, je contracte. Cette fois je tombe. Je tombe plus haut. Toujours plus haut. Au sommet. Plus d'étages. On ne compte plus. On fuse. Ensemble. On flashe. Ta langue en moi. Partout. Des sensations inconnues. Mon corps qui monte. Il explose l'univers. Je suis au-dessus. Plus fort. Là, dans le bas de mon ventre. Ma main sur tes cheveux. Continue. Pitié continue. Ne t'arrête pas. Je veux monter. Je veux toucher ce que je n'ai jamais touché. De plus en plus rapide. Tu me pousses. Tu me portes. Je ne sais pas ce que tu me fais. Ce n'est pas la tête. Le cerveau n'existe pas. Juste la sensation. La chaleur qui me propulse. Où je vais ? Ne me dis rien mais continue. Emmène-moi. Tu me tiens. Plus fort. Plus vite. La lumière court derrière moi. On y est. Tout en haut. Je tire tes cheveux. Je veux t'appeler mon amour. La voix monte. Au sommet. Je vois tout. Paupières fermées. Abdomen en feu. Mon sexe naît. Mon sexe est vivant. Il explose. Je hurle. Je ne contrôle rien. Tu contrôles. Qui je suis ? Je ne sais pas. Je découvre un nouveau monde. Avant, derrière, à côté. Qui donne les coups ? Qui les reçoit ? Bons ou mauvais… Peu m'importe.

Je me rhabille. Tu me regardes. Tu me dis que je suis magnifique. Tu ne cilles pas. Tu ne me mens pas. Pour toi, je suis magnifique. Tu allumes une cigarette et ouvre la bouteille de blanc. Je me sens bien, à ma place. J'allume une bougie. Tu aimes mon geste. Tu maîtrises la cuisson de la viande, un plat asiatique. Tu as beaucoup voyagé. Tu penses que j'aimerais la Thaïlande. Avec toi, oui. Le Vietnam et la Birmanie aussi. Oui à tout.
Je n'ai pas beaucoup voyagé. Mon père ne quitte pas la maison, au grand désespoir de ma mère. Quand je parle de ma mère, mon visage change. Tu le remarques mais ne poses pas de questions. Je te raconte mon voyage en Martinique. Le seul et l'unique. Ma mère avait réussi à convaincre mon père. Des ti-punch et une promotion Club Med. Il a cédé. J'ai sept ans et je me chope un coup de soleil. Le premier jour. Plus de peau mais des cloques d'eau et de la Biafine. Ma mère qui sent le rhum. Tout sentait le rhum et la Biafine. La peau qui pèle. Je veux rentrer.

Une semaine passe, la peau se remet. La veille du départ, je sors de la chambre. Mes parents sont au bar de l'hôtel, sur la plage. Ils s'embrassent. Je regarde mes parents et je ne veux plus bouger. Les brûlures disparaissent. À la Martinique, mes parents s'aiment. J'ai peur de rentrer. Je leur demande de rester. J'établis un plan de vie. Mon père pourrait travailler, écrire. Un bureau avec vue sur la mer. Ma mère qui sourit. Elle me commande un jus. Elle aussi a peur de rentrer. Le lendemain nous sommes partis. C'était mon premier voyage.

Tu m'écoutes. Tu me demandes ce que je veux faire. Maintenant ? Ici, c'est bien. Plus tard ? Je ne sais pas mais je sais qu'un jour je saurai. Je sais que quelque chose se prépare. Tu me trouves différente. Différente de quoi ? Tu ne réponds pas. Je finis mon verre. Tu me ressers. La bouteille est terminée. La bougie va s'éteindre.

Je suis allongée sur ton lit. C'est naturel. J'aime être là. Je me sens à ma place. Tu me rejoins. Contre toi. Dans le noir. Je me sens bien. Tu te colles à moi. Peau contre peau. Tu murmures « Blackbird »… Bonne nuit, mon amour.

19.

Je monte dans le train. De justesse. Les portes se referment. En route vers le Grand Est. Un type a aidé son ami à monter sa valise et se retrouve coincé. Il ne parle pas très bien français. Il va devoir payer son billet au tarif le plus haut. Il y a des gens qui n'ont jamais de chance. Qui ont sûrement été meurtriers dans d'autres vies. Aujourd'hui victimes. Il va se prendre une amende et passer la nuit dans la région la plus déprimante de France. Le type n'a rien demandé. Ça arrive toujours au type qui ne demande rien.
Il fouille dans ses poches, il a oublié son portefeuille. Son ami n'a pas d'argent. J'ai un peu de liquide, quarante balles. Je les lui file. Dire que ce geste est totalement désintéressé serait mentir. Personne n'est totalement désintéressé. Je fais une bonne action et je me sens mieux. C'est d'ailleurs quand je suis au plus mal que je donne le plus. Quand plus rien n'a de

sens, je vide mes poches. Je ne me sens pas mal aujourd'hui. Juste un peu. Il refuse l'argent.
Je témoignerai auprès du contrôleur. Il me remercie. Je m'assois dans l'entre-wagons avec lui. Il est tamoul, comme la plupart des cuistots à Paris. Il s'appelle Kamal et il est cuistot. Il bosse dans un restaurant français assez classe dans le dix-huitième depuis deux ans. Je lui demande si ce n'est pas trop dur Paris. Il a quitté le Sri Lanka à cause de la guerre civile contre les Cinghalais. Il me répond que non, Paris ce n'est pas trop dur. Kamal est à peine plus vieux que moi et il a connu une guerre dont je n'avais jamais entendu parler. Je baisse la tête pour qu'il ne le remarque pas. J'ai honte. Je lui demande s'il a appris à cuisiner là-bas. Il se marre. Chez lui, il faisait des bijoux. Plutôt loin de la cuisine. Il remarque que je n'en porte aucun. Kamal sourit tout le temps. Il a une large cicatrice sur la joue. Elle aussi a la forme d'un sourire. Le garçon avec lui ne parle pas un mot de français. Il se rend à un entretien d'embauche dans un restaurant indien. Je demande s'ils sont frères. À nouveau, il rit. Cette fois, les yeux ne racontent pas la même histoire. Son frère est mort et le type qui a tué son frère est mort lui aussi. Je me tais. Kamal, la vingtaine, cuisinier à Paris, meurtrier au Sri Lanka. Je ne connais rien à la vie. Juste la mienne. Il y en a des milliards. Face à moi, un guerrier. Une cicatrice et un large sourire. Je lui parle de ma mère et du cancer. Il ne connaissait pas cette guerre. Il me dit de

passer au restaurant un jour quand son patron ne sera pas là. Il me fera la cuisine. Il compte bientôt ouvrir son endroit. Il bosse six jours sur sept, midi et soir. Il aime travailler. Il n'aime pas son patron. Ce sera un restaurant savoyard. Un tamoul qui fait de la raclette. Il en a mangé une fois, il a adoré. Je lui promets de venir goûter un jour.

Le contrôleur nous demande nos billets. Je lui explique la situation de Kamal. Tolérance zéro. Le costume lui donne de l'importance. L'importance des cons. J'hésite à aborder la guerre civile au Sri Lanka mais je ne veux pas gêner Kamal. Il tape sur sa machine, calcule le prix à payer. Payer. Kamal va payer. Contrôleur : sale mot, sale métier. Si Kamal n'avait pas aidé son ami, il ne serait pas là. S'il n'avait pas dû fuir son pays, il ne serait pas là. Le contrôleur s'en fout. Le contrôleur contrôle. Moi, je ne contrôle pas et je le traite de con. À nouveau, il tape sur sa machine. Une amende. Il me demande mon titre de transport. Je le lui tends. Puis la carte de réduction. Il réclame une pièce d'identité. Je lui montre la photo de mon passeport sur mon téléphone. Ce n'est pas valable, mademoiselle. De nos jours, on peut tout faire avec l'informatique. Pardon ? Donc j'aurais trafiqué cette photo ? Le contrôleur contrôle. Il ne pense pas ; il contrôle. Le reste : l'histoire, le visage, les émotions, ce n'est pas son domaine. Lui, c'est l'ordre.

Je ne suis pas en règle. Je l'ai insulté et j'ai oublié mon passeport. Je vais donc payer.
La machine à carte rame. Je garde mon calme. Je me demande si sans son uniforme, le contrôleur reste contrôleur. Si la fonction a pris le dessus. Ses traits sont durs. L'air aigri. Teint gris. Il est fait pour ce métier. Parfois, c'est bon quand le travail ne fait qu'un avec la personne. Quand il s'agit de passion, le teint n'est pas gris. Le contrôle n'est pas une passion. C'est ce qui la tue. Sans son uniforme, cet homme n'existe pas. Cet homme est contrôleur. Enfant, adulte, vieux. Cet homme restera contrôleur. Carte acceptée. Je paye pour Kamal également. Je n'ajoute rien. À quoi bon ? Moi, au moins, je suis en vie.
Avant de descendre du train, Kamal me prend dans ses bras. Il serre fort. On s'apprête à reprendre les armes. Dernier regard. À bientôt, guerrier.

Mon père a encore pris du poids. Il m'embrasse. Il pique. Il m'explique que ma mère voulait venir me chercher mais qu'elle était fatiguée. C'est les vacances de Noël. Je vais rester quelques jours. Sans l'avoir décidé. Je sais que je vais rester quelques jours.
« C'est bien que tu sois là, ta mère va avoir besoin de toi. »
Depuis le premier jour de mon existence, ma mère a besoin de moi. Avant ma naissance, ma mère avait déjà besoin de moi. Je suis née pour donner du sens. Je suis née pour qu'elle ait besoin de moi. C'est dans

ma chair. J'ai appris à ne pas pouvoir vivre sans ma mère. À penser qu'exister sans elle, ce n'est pas exister. Aujourd'hui, elle grelotte dans son lit et mon père me dit que ma mère va avoir besoin de moi.
J'éclate de rire. Puis je pleure.

Avant, je ne pensais pas aux cheveux de ma mère. J'y ai pensé pendant tout le trajet. Avant, ils faisaient partie d'un tout. Je n'avais jamais considéré le nez de ma mère ni ses doigts de pied. Avant, ma mère était un tout. Je pensais à ma mère, pas aux détails. Les doigts de pied ne risquaient pas de disparaître. Au même titre que ma mère.
Aujourd'hui, j'ai fermé les yeux et j'ai visualisé ses cheveux. Je me suis souvenue de l'époque où elle se les teignait en noir. Quand ils lui arrivaient en dessous de la poitrine. Puis du jour où elle est revenue des courses avec une frange et que mon père n'a rien remarqué. Je pousse la porte d'entrée. Ma mère n'est plus un tout. Elle est divisée. Deux en un. Le cancer et ma mère. Plus de seins, de cheveux, de sourcils, de cils et ma mère. Je me prépare à ouvrir les yeux et à constater que ma mère n'est plus comme avant. Je redoute les secondes qui vont suivre. Celles qui enlèveront. Celles qui rajouteront à ma mémoire une nouvelle image. À ma mère, un nouveau visage.
Je compte jusqu'à trois.
Un.
Deux.

Deux un quart.

Deux et demi.

Vingt ans, bientôt vingt et un. Combien de jours et d'heures ? Je n'ai pas assez fait attention. Il faut plus regarder. Chaque détail compte. Tout change. La peau. La voix. J'entends maman à six ans. À quinze. Elle me réveille le matin. Elle gueule beaucoup mais sa voix reste douce. La nuit, quand elle somnole. Au téléphone, aussi. On n'écoute pas assez la voix de sa mère. Son odeur le matin. Puis son parfum. Le mélange des deux. J'ai peur qu'elle ne sente plus pareil. Qu'elle sente comme les gens d'ici. Comme la mort. Putain, j'ai peur. Sûrement autant que toi, Kamal, avant de tirer sur un homme. Je ne vais tirer sur personne. Je vais ouvrir les yeux et je vais regarder ma mère.

Trois.

Ma mère se tient debout. Debout, c'est déjà ça. En haut des marches de l'escalier. En haut, c'est déjà ça. Ne descends pas, je monte. Ma mère porte un jogging et un pull. Pas de peignoir ni de pyjama. Elle a gardé son visage. De ses yeux à son menton. Puis ses cheveux. Ils sont plus courts. Présents sur sa tête. Pas sur le sol. C'est déjà ça. Le cancer est là. Ma mère aussi. J'arrive, Maman.

Mon père met la table. Il sert un verre à ma mère. Elle lui fait signe de s'arrêter. Le verre n'est pas rempli. Il a été chercher le repas chez le traiteur italien. Il ne laisse pas le jambon dans le plastique. Il sort les antipasti et les met dans des bols. Pas de taches. Il passe un coup de Sopalin. Mon père fait attention. Ma mère le laisse faire attention. Ils ne se disputent pas. Ils ne se plaignent pas. Mon père ne croule pas sous le boulot et ma mère ne râle pas. Ils parlent de la voisine et ils sont d'accord pour dire que la voisine est idiote. Ils sont d'accord. Ils sont ensemble.
Mon père me demande comment se passent les cours. Je ne suis pas venue pour parler des cours. Pourquoi je suis là ? « Ta mère va avoir besoin de toi. » Pourquoi faire comme si la voisine avait une quelconque importance ? Et mes cours… Mes cours se passent bien. Merci Papa. J'aurai mon année. Une de plus. Comme d'habitude. Je travaille bien. C'est

vain. C'est vieux. Ma mère me demande comment va Lucien. Vous ne le connaissez pas et je ne lui parle plus. Je ne lui parle plus car il n'avait pas de réponses à mes questions. Parce qu'il passait trop de temps avec les morts. J'ai peur de la mort. Parlons de ça. Pas de la voisine. Pas de la fac. Pas de Lucien. Mais de ce qui nous effraie. Des raisons qui t'ont poussé à aller chez le traiteur italien, Papa. De tes cheveux plus courts, Maman ; de la cicatrice sous ton pull. Papa, t'as l'air crevé et t'es gros. Pourquoi t'es gros ? Maman, tu ne bois plus et tu manges peu. Pourquoi ? On sait pourquoi. Pour une fois, c'est moi qui vais répondre. Pas de solution. Juste la vérité. Un, deux, trois et notre vie change. Un, deux, trois et notre vie n'est plus notre vie. Maman, tu devrais déjà être saoule. Toi, Papa, dans ton bureau. Alors descends. Retournez au passé. N'avancez pas. Ne souriez pas. Vous ne souriiez pas avant. Vous n'étiez pas ensemble avant.

La vérité : le cancer a changé nos vies.

La vérité : le cancer vous rassemble. Il m'éloigne. C'est à lui que vous souriez.

La vérité : le cancer a du bon.

20.

Donc le cancer a du bon. La pire chose qui nous soit arrivée est en un sens la meilleure. Elle a réuni mes parents. Elle a donné du sens là où régnait le chaos. K.O. Mes parents se relèvent main dans la main. Elle a ressoudé ce qui ne tenait plus qu'à un fil. Aujourd'hui mes parents font des projets. Partir plus au sud. Fin du Grand Est. Début d'une nouvelle vie. Donc, grâce au cancer, mes parents ont un avenir.

Je reste plus longtemps que prévu. Je n'avais rien de prévu, j'ai horreur de prévoir. Je reste simplement longtemps. En pyjama dans mon lit. En pyjama dans chaque pièce de la maison. Je ne me douche pas. Il n'y a pas de pollution à la campagne. Encore moins dans une maison à la campagne. Je ne suis pas sale. Je ne regarde pas mon téléphone. Le toi redevient lui. Je suis loin de lui. Pas de nouveau message de lui sur mon téléphone depuis trois jours. Les derniers : « Comment vas-tu ? », « Tu reviens ? »,

« Blackbird ? ». Je n'ai pas répondu. Blackbird n'existe pas ici. Paris n'existe pas ici. Tu n'existes pas ici. Seuls cette maison et mon pyjama. Je retrouve ma place d'enfant. Mon lit et ma chambre. Le Sam d'avant. La jeune femme disparaît. Pas de femme, juste un pyjama. Je me sens en sécurité. Rien ne traversera ses murs. Rien n'en sortira. Je suis au chaud. J'ai mes parents. Mes parents s'aiment. Je suis en sécurité.

Je leur ai menti sur la fac. Les cours ont repris depuis une semaine. Ils me croient. Avant, je ne mentais jamais. Je suis une nouvelle enfant. Celle que je n'ai jamais été. Celle qui a les cheveux gras, qui reste à la maison et qui raconte des conneries. Quand ma mère dort, je regarde des films et le mur de ma chambre. *Love Actually* plusieurs fois par jour. Je sens mon cerveau qui fond et je passe au mur.
Mes seules sorties : les courses au Carrefour Market et les sessions chimio à l'hôpital avec ma mère. J'ai des cernes, une sale gueule. Je n'explique pas ma fatigue. Je la vis. Celle de ma mère, je la porte. Je veux la maison. On rentre et on trouve mon père en pyjama. On se marre. On est unis. On a une sale gueule, des cernes et un pyjama.

Nouvelle année. Les cheveux de ma mère tombent. Les morts s'emmêlent avec les vivants. Les morts tirent sur les vivants. C'est leur spécialité. Il n'y a qu'à regarder le nombre de cimetières. Ma mère a mal au crâne. Ça gratte. Ça tire. L'autre soir, elle a coupé avec les ciseaux. Maintenant, elle a un trou. Je n'avais jamais vu la couleur du crâne de ma mère. C'est blanc.

Il neige dehors.

Nouvelle année. Ma mère se rase la tête. Elle a du mal à atteindre l'arrière de son crâne. Mon père prend le rasoir. Les cheveux sur le sol. Je suis derrière. Je regarde. Je n'avais jamais vu le crâne de ma mère. Il est beau. Ma mère touche. Mon père touche. Je reste derrière. Il embrasse le doux. Ma mère pleure. Il reprend le rasoir. À nouveau des cheveux sur le sol. Je n'avais jamais vu le crâne de mon père. Jusqu'à ce soir. Ils sont beaux tous les deux. Je reste derrière.

Il neige dehors.

Nouvelle année. Je suis en retrait. Je regarde le monde changer. Sans moi. Je recule. Ma mère n'a plus de cheveux. Mon père aime ma mère. Il le montre. Des cheveux morts sur le sol. La mort derrière. Devant. Ils se regardent dans le miroir. C'est tendre. J'ai des cheveux. Je ne change pas. Je ne fais pas partie du tableau. Le monde sans moi. Eux sans moi. Toi sans moi. Je me sens seule. Seule comme jamais et je pue. Je ne veux plus être seule. Je dois enlever mon pyjama. Prendre une douche. Rincer. Arrêter de regarder. Dépasser le mur de ma chambre. Avancer. J'ai peur. J'ai très peur. Avancer, c'est marcher aux

côtés du cancer. Imprévisible. L'après, je ne le connais pas. Avancer, c'est parler de la voisine. Sortir de l'immobile. De mon pyjama. C'est reprendre mon téléphone et le train. C'est prendre des risques. Je voulais la sécurité. Mes parents, au chaud. Mes parents n'ont plus de cheveux. Il fait froid ici. Avancer, c'est accepter. Accepter que le cancer a donné un avenir à mes parents. Accepter que le cancer soit la meilleure chose qui soit arrivée à ma mère. Accepter qu'il pourrait aussi être la dernière et donc la pire.
Accepter.
Accepter la possibilité d'un avenir sans elle.
J'ai peur. Très peur.

Ma mère se tourne vers moi. Ça va, mon lapin ? Son visage en paix. Je suis terrifiée. La paix c'est quand on baisse les armes. Accepter. Faire confiance à l'après. Oui, Maman. Je me lève, je vais bien, Maman. Je retire mon pyjama, je vais bien, Maman. Je frotte avec le savon, je suis propre, Maman. J'enfile un pull et un jean, je prépare ma valise. Je mets mon manteau, j'ai chaud, Maman. J'embrasse mes parents. Je vous aime et je ne m'arrêterai jamais. Je serre fort. Le cancer n'arrête pas l'amour. Jusqu'à la mort. La mort fige l'amour. Dans les cimetières, il se cristallise. Pour moi, vous serez éternellement vivants. L'amour ne s'arrêtera jamais de grandir. Accepter.

J'avance et je monte dans le train.

Nouvelle année. Je grandis malgré moi. Malgré mes efforts pour arrêter le temps. Accepter. Je suis de retour à Paris. Je suis au bout du quai et tu m'attends. Retour aux vivants. Fin de l'entre-deux. Je n'ai pas le choix. Je m'écroule dans tes bras. Je suis épuisée. Ramène-moi à la maison.

21.

Le compte à rebours a commencé. Tic-tac. Retournez vos copies. Je maîtrise le sujet. Tic-tac.

L'amour ne s'arrête pas. Il est partout. Entre nous. Tu embrasses mon corps tous les matins. Nous le rendons visible. Intérieur. Extérieur. Il est partout. Tu es fou de moi. Je veux que tu sois fou de moi. Je ne veux pas être celle qui aime moins. Amoureuse pour la première fois. Les jours défilent. L'amour ne s'arrête pas. Ce matin, tu me dis que tu m'aimes. Pour la première fois. Je jouis dans ta bouche. Toi dans la mienne. Je découvre mon corps avec toi. Ce que je n'osais pas dire, je te le dis. Je te parle de ma mère et tu me fais l'amour. Je te raconte mon passé, l'hôpital et les cachets et tu me fais l'amour.

Tu es la solution.

J'ai étudié. Trois années. J'ai vingt et un ans. Mes parents m'ont offert un collier avec un diamant. J'ai trouvé que c'était trop. Je n'aime pas les anniversaires, surtout en ce moment. Je retourne ma copie. C'est facile. Quatre heures devant moi. Le collier autour de mon cou. Le diamant dans la bouche. Porte-bonheur. Je n'ai pas besoin de chance. J'ai écouté en cours. Tout est là. J'enregistre. J'organise. Je ressors. C'est simple. La question est posée. Réponse en trois parties. Le stylo est rangé dans mon sac. Je relis le sujet. Je suis excellente. Je connais mon sujet. Introduction. Problématique. Quelle est ma problématique ?

Je suis amoureuse. Tu es fou de moi. Je suis amoureuse de toi car tu es fou de moi. Être tout pour quelqu'un. De ma mère à toi. Je ne m'ennuie jamais. Toujours quelque chose à dire. La philosophie ne m'intéresse plus. Elle n'existe pas. Tu es réel. Je m'accroche à toi. On sort danser ensemble. Manger ensemble. Regarder des films ensemble. On se lave ensemble. On fait tout ensemble.

Face à ma feuille. Tu n'es pas là. Je suis seule. Dans le fond, on l'est toujours. C'est ma problématique. Je pense. J'observe. J'analyse. Je ressens. Mes yeux. Ma tête. Mon cœur. Mes mains. Toujours pas de stylo entre les doigts. Est-ce que je décide toujours seule ? Je pense à toi. Quelque chose de différent. Toi en moi. Je suis distraite. Tu es là. Entre les lignes. Je suis seule. Toi aussi, tu penses à moi. On est seuls ensemble. Les élèves sont plongés dans leur plan de dissertation. Le plan qu'on a tracé pour eux. Et le mien ? Personne n'avait dessiné ton visage. Je n'ai plus de plan.

Tu es la solution.

Je perçois de la mélancolie. Elle ne m'effraie pas. Ta curiosité cache un vide. Il apparaît de plus en plus souvent. Tu me racontes ton adolescence sans père. Tu avais treize ans et il s'est tiré. Tu avais treize ans et ta mère a tenté de se suicider. À seize ans, elle s'est remariée à un Australien. Elle vit dans une belle maison loin d'ici. Ton beau-père est insignifiant. Tu le méprises. Ta mère n'est pas heureuse et elle ne le sera jamais. Souvent, elle t'appelle pour te le dire. Tu comprends l'absurde. Il t'a construit. Tu fais de la boxe. De l'hypnose. De la musique. De la cuisine. Beaucoup d'études. HEC, puis des dizaines de stages. Tu masques l'absurde. Tu es malin. Tu as compris comment fonctionne le monde. Tu t'adaptes, de l'extérieur. De l'intérieur, tu es inadapté. Nous, les déglingués.

Tic-tac. Aiguilles détraquées. Le temps n'arrange rien. Ma trousse est fermée. Copie blanche. Le temps passe. Deux heures. C'est vide. Des images du dehors.

Moi au-dessus de moi. La fille ne regarde rien. Elle est à l'arrêt. À un stop. Encore combien de temps ? Deux heures. Nous sommes à la moitié. Encore une chance. Il n'y a pas de chance. Juste une jeune fille et une copie blanche. Des images de sans-abri. De non-sens. La vraie solitude. Ce stylo ne changera pas la vie du sans-abri. Il ne sauvera pas le monde. Alors à quoi bon être excellente ?

Je ne suis pas retournée à mon studio depuis plusieurs semaines. Chez moi c'est chez toi. Je rajoute toujours une nuit. La nuit se transforme en semaine, puis en mois. Sam est sous mon oreiller. Je dois passer le chercher. Encore une nuit.
Tu es fier de moi. Tu me trouves merveilleuse. Je ne comprends pas pourquoi. Tu as des amis mais tu ne me les montres pas. Tu les vois quand je suis à la fac. Je m'en fous. Je n'ai besoin de personne d'autre. Mais si tu es si fier de moi, pourquoi tu ne me présentes pas tes amis ? Quand je te pose la question, tu t'assombris. Tu deviens triste. Alors, je souris. Car quand tu es triste, c'est toujours moi qui souris. Un nouvel équilibre. Ta mélancolie me sort de la mienne. Je respire pour deux. Plus d'air. Tu prends le relais.

Je ne prends pas ce stylo.
Tu es la solution.

Je monte dans le train, gare de l'Est. Tu m'accompagnes sur le quai. Je reste pour le week-end. Tu ne disparais pas. Je parle de toi à mes parents. Passe ma soirée au téléphone. Ma mère ne dit rien. J'ai envie qu'elle t'aime. J'ai besoin qu'elle t'aime. Je t'appelle et le lendemain, tu es à la gare de Metz.
Ma mère porte un foulard. À la maison, un bonnet. Trois chimio sur quatre. On s'habitue à tout. Au cancer. Région cancer. C'est moins douloureux. C'est le printemps. L'herbe pousse. Les cheveux ne repoussent pas. Je te laisse entrer. Voir notre maladie. Ma mère a préparé un poulet au miel. Mon père débouche une bouteille de champagne. Tu es là. À table, à côté de moi. Tu parles beaucoup à mon père. D'écriture et de littérature. Ce soir-là, dans mon lit, je découvrirai tes ambitions d'écrivain. Tu ris avec ma mère. Elle blague sur la maladie. Sa façon à elle de se protéger. Tu ris mais tu ne trouves pas sa maladie amusante. Ta façon à toi de me protéger. De te faire aimer. Je veux qu'elle t'aime. Ressers-toi à manger. Bois et rigole. Mets de la vie. Ici, elle fatigue un peu.

Tu es la solution.
Montre-lui.

J'ai promis à mon père de l'appeler après la sortie de l'examen. Je dois réussir, mais réussir ça veut dire quoi ? Personne ne m'a montré. Plus qu'une heure.

Ce matin, j'ai appelé ma mère. Elle n'était pas naturelle. Elle a de l'intuition. Je me demande si elle voit la copie blanche. Si elle connaît la suite. Sa voix était différente. Depuis qu'elle t'a rencontré, sa voix est différente.

Mon père t'apprécie. Il te trouve intelligent. C'est important pour lui. Ma mère ne dit rien. La chaise que tu occupes ce soir n'avait jamais été occupée. Elle observe. Sur ses gardes. Ma mère est possessive. Même malade, épuisée, elle reste possessive. Je suis assise entre vous deux. Tu me tiens la main. Les yeux de ma mère sur cette main. Celle qui ce soir ne lui appartient pas. Tu aides à débarrasser. Lâche ma main. Ma mère se détend. Je la suis dans la chambre. Elle se met au lit, allume la télé. Je m'allonge à côté. Elle me prend la main. Dans cette main, ma mère ne t'aime pas. Même malade, épuisée, ma mère ne t'aime pas. La peau ne ment pas. Les yeux non plus. Les yeux de ma mère ne t'aiment pas. Elle te trouve intelligent mais elle ne t'aime pas. Beau mais elle ne t'aime pas. Amoureux mais elle ne t'aime pas. Elle t'a observé. Tes doigts fins, ta manière de les bouger. Elle dit que tu es anxieux. Tu as ri à ses blagues. Tu as été attentif et gentil. Mais tu es anxieux. C'est tout. C'est peu. Je suis entre vous deux.

Je relis une dernière fois. Le sujet ne m'appartient pas. Ce n'est plus moi. Je suis ailleurs. Quelque part,

un endroit que je ne connais pas. Que je ne maîtrise pas.
Je me lève et retourne ma copie. Copie blanche. Copie zéro. Copie passée.
Je pousse les portes. Le soleil brille. L'air sec, encore frais. Un frisson. Je regarde droit devant. Vers un autre sujet, encore inconnu.

22.

Je passe mes journées au café. J'aime le chocolat chaud et regarder les gens. Tu me crois à la fac. Mes parents aussi. Je ne mens pas. Je ne dis simplement pas où je vais. Je pourrais très bien être à la fac mais je suis au café. Je choisis un bistrot dans le vingtième, pas loin de mon studio, dans lequel je ne vis plus. Ce n'est pas à côté de chez toi. Je ne risque pas de te croiser. Je suis allée récupérer Sam. Il m'attendait sagement sur le canapé. T'en as mis du temps ! Pardon, Sam. Il ne reste jamais fâché très longtemps. J'ai écouté aux murs. C'était silencieux. J'ai caressé le papier peint, murmuré « Lucien ? ». Sans réponse. Je ne suis plus fâchée, je suis têtue et désolée.

Le chocolat du *Zéphyr* est bon et pas cher. Je m'assois toujours à côté de la fenêtre. Sam reste dans mon sac. Chez toi aussi, je le laisse dans mon sac. Le sortir ce serait expliquer que je suis allée le chercher

chez moi. Quelque chose m'en empêche. Je ne sais pas quoi.
Alors Sam reste dans mon sac. Il n'est pas mécontent, on passe nos journées ensemble. Tu sors du bureau vers dix-huit heures. Parfois, tu vas voir des concerts le soir pour le travail. Je viens avec toi. On reste au fond de la salle. On s'embrasse et on danse. Toujours tous les deux. L'autre soir, on a croisé un mec de ton équipe. Je l'ai trouvé sympa. Je suis plus joyeuse qu'avant. Tu étais un peu tendu. Tu m'as présentée. Ton copain était un peu surpris. Tu parles très peu de ta vie privée. Il a fait quelques plaisanteries sur le sujet. Nous étions deux à rire. Pas toi. Ton copain m'a donné envie de rencontrer d'autres de tes copains. Il m'a donné envie d'avoir mes copains. Tu m'as attrapée par la taille. Fort. Tu me bloques les bras. Tu me tiens toujours comme ça. Fort.

Au *Zéphyr*, vers dix heures, un vieil homme grec vient s'installer à la table d'à côté. Toujours la même. Toujours un expresso et *Libération.* À 11 heures, son copain polonais vient le rejoindre. Lui, c'est un allongé et des mots croisés. La routine du matin. Ils ne sont jamais en retard. Il parle du quartier, de l'actualité et du temps. De la météo aux années qui défilent. Vingt ans qu'ils sont amis. Jamais ils ne se sont retrouvés en dehors de ce café. Je me demande si Lucien aurait pu s'assoir à leur table. Il se serait sûrement ennuyé. Lucien ne connaît plus rien à la vie

du quartier. Il fait toujours la même température chez lui. Il ne compte plus les jours qui passent. Il ne lit pas le journal et il n'a pas de télévision. Lucien a des livres, des disques et une mémoire. Lucien ne sortira jamais de chez lui. De toute façon, ce serait à ma table qu'il prendrait place. Lucien est mon ami. J'aimerais qu'il me rassure sur ce point. Mais Lucien ne sortira pas de chez lui et je ne rentrerai pas chez moi, pour des raisons que j'ignore encore.
J'observe mes voisins s'énerver sur des questions de politique. L'un est mélenchoniste. L'autre centriste. L'un est un ancien professeur de mathématiques. L'autre plombier à la retraite. Les deux se disent philosophes. Encore de la philosophie. J'apprends plus en une matinée au café qu'en un trimestre à la fac. Ils n'ont pas de femmes. L'un n'en a jamais eu. L'autre est veuf. Ils se demandent comment le monde en est arrivé là. Comment à leur époque, les gens savaient vivre ensemble. Comment aujourd'hui c'est devenu compliqué. Ils m'offrent parfois mon chocolat car ils me trouvent jolie. Qu'un homme reste un homme, peu importe l'âge.

Le soir, tu me questionnes sur ma journée. Je reste évasive. Je ne mens pas ; je ne raconte simplement pas. On descend une bouteille de blanc à deux. On écoute de la musique. Tu me fais découvrir de nouveaux groupes. Je ne suis pas toujours d'accord avec tes goûts. Je les trouve trop pointus. De la musique

pour musiciens. Je te dis que moi j'aime les vraies mélodies, celles qui se retiennent dès la première écoute. Je m'enflamme sur le sujet. Je m'enflamme de plus en plus souvent. J'aime les musiques latinos. « Obsession » de Aventura. Celles que l'on écoute en secret. Je vénère Beyoncé, en particulier pour sa période dans les Destiny's Child. Je fais semblant de connaître les paroles de « Lose Yourself » d'Eminem. Je monte le son. Je n'ai pas peur, honte de rien. Je danse toute seule devant toi. Tu me regardes. Tu es fou de moi. Surtout dans ces moments-là. Puis tu finis par « Sitting on the Dock of the Bay ». On est d'accord sur ce point. C'est notre chanson préférée. Tu me rejoins pour danser. L'un contre l'autre. Mes bras autour de ton cou. Parfois je pleure. Parfois c'est toi. C'est toujours beau.
On s'endort collés. Fesses contre sexe. La position t'excite. Alors on fait l'amour. Je n'ai pas toujours envie. Toi si. Je ne jouis jamais quand tu es en moi mais je ne m'inquiète pas. Toi si. Tu descends ta main ou ta bouche jusqu'à mon sexe. Là, je jouis. Maintenant, on peut dormir.

Voilà comment je passe mes journées et mes soirées. La nuit, je me réveille en sueur. Une angoisse m'envahit. Je veux appeler ma mère. Tu me prends dans tes bras. Tu m'embrasses dans le cou, me jures que tout ira bien. Tu restes éveillé jusqu'à ce que je me rendorme. Je ferme les yeux. Tout ira bien.

23.

Ma mère a fini la chimio. Je suis rentrée et on a fêté ça. Chez nous, on a toujours une raison de boire. Pour une fois, elle était justifiée. Maman, tes cheveux vont repousser. Mon père remonte une bouteille de rosé. Maman, on va t'enlever ce cathéter. Champagne ! Je ne parle pas de toi. Ma mère est heureuse aujourd'hui. Je veux qu'elle le reste. Mon père a ouvert la piscine. Première baignade de l'année. L'eau est froide. Une piscine non chauffée dans le nord-est de la France : l'eau est toujours froide. Ma mère n'a pas mis de maillot de bain. Ses cicatrices au grand air. Mon père approche les cent kilos. Ils ont changé. Ils ont survécu. J'ai été préparer des planteurs.

Tu es sur le quai, un bouquet de fleurs à la main. On fête nos six mois ce soir. Tu me demandes de quoi j'ai envie. J'ai envie de rencontrer tes amis. Tu as prévu une soirée romantique. Je ne cède pas. Je suis de bonne humeur. Je veux du bruit, des gens et de la légèreté. Pas de tête-à-tête. Pas de bougies. Tu tentes de m'embrasser. J'esquive. Je veux rencontrer tes amis. Tu es vexé. On ne s'est jamais disputés. Je ne t'ai jamais contrarié. Ce soir, je ne suis pas docile. Tant pis s'il y a des cris. Je suis prête. Mes parents souriaient dans la piscine. Le déclic. Clic. Clac. Les talons d'une passante sur les pavés. Tu ne parles pas. Tu te fermes. Je m'ouvre. Je suis prête. Je n'ai plus peur du conflit. Approche. Dis quelque chose. Je ne veux pas de ton silence. Je veux du bruit. Viens danser. Rire. Crier. Allez ! Fais quelque chose. Cogne. Lâche. Desserre la mâchoire. Tes dents vont casser. Mon amour, t'entends ? Mon amour, détends-toi. Tu verrouilles. Ta peau imperméable. Laisse-moi entrer. Tu ne respires pas. Tu ne dis rien. Tu ne vois pas. Que du noir. Tes yeux encore plus noirs. Mon amour, qu'est-ce qui se passe ? J'ai passé une bonne journée. S'il te plaît. Prends ma main. S'il te plaît, décrispe-toi. Tu serres tout trop fort. Tu vas te faire mal.

L'équilibre en danger. Inspiration. Je souris quand tu vas mal. Je souris pour ramener la lumière. Je souris très fort. Mes mains autour de ton cou. « Merci pour les fleurs, mon amour. » Je t'embrasse, sur la pointe des pieds. Les joues, le front et les yeux. J'enlève le noir. Je continue. Une multitude de baisers jusqu'à ce que je sente les épaules qui relâchent la pression. Le sang refroidit. C'est bien, mon amour. On continue. La mâchoire, maintenant. J'embrasse tes lèvres. Avec la langue, tout doucement. Tu ne résistes pas. Tu m'embrasses toi aussi. Fort. Tu mords. Tu me fais mal mais c'est agréable. Tu m'aimes.

Dans le taxi, la tête contre la vitre, tu me prends la main. On ne s'est pas disputés. Tu n'as pas crié. Tu ne t'es pas énervé. C'était autre chose. Quelque chose que je ne connais pas. Tu es calme à présent. Tu m'emmènes à une fête. Il y aura tes amis. Tu m'as demandé ce que je voulais. Nous sommes en route. Tout va bien. Il ne s'est rien passé. C'est une belle journée.
On achète du vin. Tu n'arrives jamais les mains vides chez quelqu'un. Je ne le savais pas. On sonne. Beaucoup de bruit de l'autre côté. La fumée des cigarettes se faufile sous la porte. Inspiration. C'est bon. Porte qui s'ouvre. C'est la fête d'anniversaire de Victor, ton copain de HEC. Il est tout de suite chaleureux avec moi. Les yeux rouges et une haleine de vodka-Redbull. Tu m'as prévenu, certains de tes amis se droguent. Victor sautille partout. Il y a la queue pour aller aux toilettes. Les gens y rentrent à plusieurs. Certains ne se sont pas bien essuyé le nez. Tu n'aimes pas la cocaïne. Tu ne vas pas aux toilettes. Tu me tends un verre en plastique. Rhum-Coca. Tu prends soin de moi. Tu me présentes à tes amis. Les filles sont moins sympathiques que les garçons. J'ai l'habitude. Je ris à leurs blagues. Je ne me force pas. Toi non plus. On parle d'une boîte où nous irons danser après. Tu acceptes. Tu es différent. Le poids qui pèse

constamment sur tes épaules, je ne le sens pas. Tu respires calmement. Tu ris fort. Tu parles avec tes copains. J'aime te regarder. Tu me séduis. Je repense au premier soir. Je fixe tes lèvres. J'ai soudain très envie de t'embrasser. Tu le remarques. Tu les mouilles. Léger sourire. À mon tour. Le lien entre nous est plus fort que jamais. La foule et le bruit le renforcent. Le nous qui grandit. Il occupe l'espace. Si tu pouvais, tu me ferais l'amour. Cette fois, j'en ai envie. Tu le sens. Tu connais le signal. Je mordille légèrement ma lèvre inférieure. Pour m'empêcher de dire je t'aime. De crier. De gémir. Tu es excité. J'aime jouer. Je soutiens ton regard. Tu continues ta discussion. Moi, la mienne. Mais tout disparaît. Juste nous.

J'adore cette chanson. Mon amour, je te laisse. Je vais danser. Mes épaules. Un, deux. Un, deux. « One Dancc ». On mc laissc la placc. Jc prcnds dc la placc. *You know that I don't play.* C'est plus fort que moi. Toujours l'impression de jouer ma vie. Des images de cicatrices de Maman qui me viennent. Elles dansent elles aussi. Je deviens invincible. Je me sens bien. Ce ne sont plus les mots. C'est le corps. L'excitation qui monte qui monte. Toujours plus haut. Le feu partout qui brûle qui brûle. Je n'ouvre pas les yeux. Je joue solo. Je sens des corps autour de moi. Les vibrations. *Make you lose control.* Complètement. Dernières notes. Des bras me portent. Lancée finale. Je m'envole.

Je redescends. Ces bras ne sont pas les tiens. Tu n'es plus là. Je reviens plus d'un an en arrière, à ce soir où tu as disparu. Ne recommence pas. Je te cherche. Demande à tes amis. Je t'aperçois en train de fumer dehors. Soulagement. Je repère l'ami croisé au concert la dernière fois. Il est content de me revoir. Il se souvient de moi. C'est agréable. L'impression d'être quelqu'un. Fin de l'anonymat. Je sors la tête de l'eau. Visage à découvert. On discute. Il a de l'humour et un léger accent. Je prends conscience que je ne connais pas son prénom. Au concert, tu ne m'as pas dit son prénom. Pourquoi tu ne m'as pas dit son prénom ? Pedro est brésilien. Il me dit à quel point tu es brillant. Tu es le meilleur. Rien d'étonnant. Vous vous connaissez depuis dix ans. Je n'en reviens pas. Tu le connais depuis dix ans et tu ne m'as pas dit son prénom. Tu m'as pourtant donné celui de Victor. Victor n'est pas très beau. Donc tu donnes le prénom des moches. Les beaux, tu les caches. Pedro est beau. Je n'avais pas remarqué à quel point. Quand je suis avec toi, je ne vois pas le monde autour. Il est drogué lui aussi. Les pupilles dilatées, les lèvres sèches. Tu m'as expliqué les symptômes. Peu importe. Il peut sniffer ce qui lui plaît. Pedro s'agenouille pour me faire un baisemain avant de rejoindre une copine aux toilettes.

Je suis intuitive. Quand un sale truc est sur le point d'arriver, je le sens. Je me retourne. Je m'éloigne. Je

sauve ma peau. La voiture qui roule trop vite. La merde de chien sous la chaussure. Le type inquiétant qui marche derrière moi. Le verre de trop. La phrase de trop. Je suis intuitive.
Pas ce soir.
Ce soir, je n'ai pas anticipé. La main qui m'attrape par le bras. Qui serre de toutes ses forces. Plus tard, la marque sur ce bras. Je ne me retourne pas. Tout tourne trop vite. Peut être le verre de trop. Je suis traînée dehors. Comment ? Qui ? Pourquoi ? Je ne vois rien. Trop de bruit et de fumée. C'est ce que je voulais : du bruit et des cigarettes. J'ai eu ce que je voulais. Pas le temps de réagir. J'intègre l'information. Elle monte lentement. Ce serait peut-être plus rapide en musique. Une dernière danse ? Pas le temps. Le temps de rien. Je tousse, je ne respire pas. Pas le temps. La main m'empêche de dire au revoir. Et mes nouveaux copains ? Toujours cette foutue queue aux toilettes. J'ai envie de pisser. Pas le temps. J'ai mal au bras. La douleur va vite. Lâche-moi ! Mais qui ? La main ne lâche pas. Elle va me casser le bras. Lâche-moi ! Mais qui ?
Je suis poussée dehors. Je tombe par terre. Le béton est dur. Personne dans la rue. La musique qui me nargue du balcon. La tête qui cogne. Les oreilles qui sifflent. J'ouvre les yeux. L'information a enfin été intégrée. Je suis dehors. J'ai été arrachée à la fête à cause de quelqu'un. Mon jean est troué à cause de quelqu'un. Derrière moi, quelqu'un.

Quelqu'un, c'est toi.

Je vomis. Ce n'est pas le verre de trop. N'approche pas. C'est toi. Il ne s'est pas rien passé. Mais qu'est-ce qui s'est passé ? Tu me hurles dessus. Je t'ai trahi. J'ai coupé le contact. J'ai fermé les yeux. J'ai été danser. J'ai ondulé mon corps sous d'autres yeux que les tiens. Je ne t'appartenais pas. J'avais les yeux fermés. Je suis une allumeuse. On a vu mes seins. Quelqu'un d'autre que toi a vu mes seins. Je l'ai fait exprès. Je t'ai rendu fou. Pas fou de moi. Fou tout court. Tu sors fumer pour te calmer. Tu reviens et je te tue. Lui, à genoux. Ses lèvres sur ma main. Je suis monstrueuse. J'ai tout gâché. Je t'ai trompé. Je te brise les os. Les dents. Tout. Tu serres. Tu contractes pour ne pas cogner. Qui ? Moi.
Silence.
J'encaisse. N'approche pas. Je titube. Pas le verre de trop. C'est toi. Ne m'approche pas. Je sais crier moi aussi. Encore sonnée. Tout résonne en moi. Je suis intuitive. Trop tard. Sauver ma peau. Tu tentes de me retenir. Ne me touche pas. Tu as peur de me perdre. Moi, de toi. Ta voix, plus douce. Tu t'excuses. Dégage ! Sauver ma peau. Je monte dans un taxi. Ne me suis pas. C'est terminé. Je claque la porte.
Roulez vite. Roulez vite.

Je retrouve le chemin du studio. Je vérifie dans mon sac. Sam, tu vas bien ? Je le serre contre mon cœur. Mon cœur, j'ai mal. Qu'est-ce qui se passe ? Le quatrième étage, oui c'est ça. J'appuie sur le bouton de l'ascenseur. Puis le couloir, oui c'est ça. Je me traîne jusqu'à ma porte. Non pas celle-là. Je toque. La porte s'ouvre. Lucien, mon ami, oui c'est ça. Je tombe dans ses bras.

Puis, rien.
Le silence : tes lèvres fermées.
Le noir : ton regard.
Mon cœur qui se serre : tes mâchoires contractées.
Ton premier sourire et tes dents du bonheur, l'une d'entre elles cassée.
Qui es-tu ?

24.

Ce n'est pas mon lit. Ni le tien. C'est un mauvais rêve. Je suis encore tout habillée. Je te cherche dans ce lit qui n'est pas le mien ni le tien. C'est vide. Tu n'es pas là. Un mauvais rêve. Sors de ce mauvais rêve. Reviens. Mes vêtements sentent la cigarette. De la fumée. Elle adoucit ton visage. Ton sourire. Tes mains sur moi. Tu ne m'embrasses pas ce matin. Tu n'es pas là. La marque sur mon bras. Flash. Ta main sur mon bras. J'ai mal. C'est bleu. Mon amour, pourquoi c'est bleu ? Tes doigts gravés sur ma peau. Peau bleue. Odeur de cigarette. La fumée s'évapore. Ton regard change. Tu me fais peur. Besoin de toi. De me blottir contre toi. Dis-moi que tu m'aimes. Mon amour, dis-moi que tu m'aimes. J'ai mal. J'ai mal partout. Sale goût dans la bouche. Ce n'est pas le tien. Tu ne m'embrasses pas. Pourquoi tu ne m'embrasses pas ? Flash. Portière qui claque. Clac. Les talons sur le pavé. Tu me tires. Mon amour, arrête de tirer. Flash. Lâche-moi ! Non ! Non ! Je veux me réveiller dans tes bras. Flash. Crac. J'ai mal au bras. Tu serres trop fort. Prends-moi dans tes bras. Flash. Mon jean est déchiré. Un peu de sang sur mon genou. Non… Je veux effacer. J'ai la peau qui me démange. J'ai froid. Je veux rentrer à la maison. Me réveiller. Je veux me réveiller. Réveille-moi. Flash. Mauvais goût dans la bouche. La tête dans le caniveau. Ne m'approche pas ! Tu cries sur moi. Arrête. Je t'en supplie. Tais-toi… Les mains sur les oreilles. Besoin d'air. Tu m'empêches de respirer. Flash. C'est terminé. Clac. La portière. Je voulais du bruit. J'étais prête au conflit. J'ai eu ce que je voulais.

Sursaut.

La lumière dans la pièce. J'ai mal aux yeux. Ce n'est pas un mauvais rêve. Ce n'est pas mon lit. Ce n'est pas notre lit. Lucien est assis sur un fauteuil. Je suis dans sa chambre. Merci mon ami. Sam est sur mon oreiller. Merci mon ami. Ils me regardent. Lucien me tend une tasse de thé. Je me redresse. Quelle heure est-il ? Je m'en fous. Sans toi, je m'en fous. Je veux me rendormir. Me réveiller. Trop tard. Je suis réveillée. Oublier. Trop tard. Le bleu est sur mon avant-bras. Il est là. Tout est là. Mon cerveau fonctionne. Ma mémoire repasse le film. Envie de pleurer. C'est bloqué. Je ne suis pas prête à lâcher. Lâcher ta main.
— Alors ça y est ? Tu es amoureuse ?

Oui, Lucien. Je suis amoureuse.

La pièce est parfaitement rangée. Les draps sont propres et blancs. Pas de piles de journaux. Pas de disques. Rien au mur. Une page blanche. Lucien ? Explique-moi. Sur la table de chevet, la photo d'un homme. Il doit avoir quarante ans. Ce n'est pas Lucien. Un livre à côté de cette photo. Lucien, raconte-moi. Aide-moi. Montre-moi.
Il s'appelait Denis. Il était grand, beau et écrivain. Lucien a trente ans, il attend l'écrivain à la terrasse d'un café, un stylo à la main. Denis est arrivé. Lucien a posé son stylo. Cette nuit-là, il est tombé amoureux pour la première fois. Cette nuit-là, ils ont dormi dans cette chambre. Des années dans cette chambre. Des années à tout se dire. Tout ensemble. Denis aimait le whisky et Barbara. Il ne supportait pas le bruit et le monde. Lucien aimait le Café de Flore et le bon vin. Le soir, ils se retrouvaient. Denis allumait des bougies. Ils prenaient un bain. Ils dînaient dans le bain. Tout dans cet appartement. Tout sent Denis. Lui partout. Chaque meuble. Feuille. Livre. Disque. Tout a été touché. Embrassé. Chaque jour comme le dernier. Comme le premier.
Mais Denis toussait beaucoup. Denis avait souvent mal au ventre. Denis avait la migraine. Denis ne pouvait pas tomber malade. Denis avait horreur de l'hôpital. Trop faible. Ne me quitte pas, Denis. J'appelle une ambulance. Le médecin dit pneumonie. Il faut

du repos. Il faut guérir jusqu'à la prochaine fois. Chaque jour, un nouveau combat. L'amour plus fort. Lucien pense que l'amour le sauvera. L'amour grandit. Le mal aussi. Viens prendre le soleil, mon ange. Denis ne veut pas sortir. Dehors, c'est dangereux. Dehors, je meurs. Je ne dois pas mourir. Je dois rester pour toi. Ferme les volets. Les dernières années sont plus sombres. Denis retourne à l'hôpital. Lucien dort sur le fauteuil à côté. Il passe du Barbara. Denis a du mal à sourire. La maladie empêche. Le virus progresse. Il a des marques sur son corps. Denis ne doit pas mourir mais Denis va mourir.
Denis a trente-cinq ans cette première nuit. Dans ce lit, Denis prévient Lucien. « Je suis malade. » C'est le début du sida.
Quinze ans plus tard, Denis s'endort dans ce lit. Chaque jour comme le dernier, jusqu'au dernier. Jusqu'à cette nuit. Lucien blotti contre lui. Denis devient un ange. Lucien est seul dans ce lit. Lucien ne veut plus sortir. Il ferme la porte. Le monde sans Denis n'existe pas. Seule cette chambre. Cet appartement. À jamais avec lui.

J'écoute, assise sur le lit. Je prends la main de Lucien. Mon ami vit dans un cimetière. Son propre cimetière. Il dort sur une tombe. Ce lit attend la dernière nuit.
Alors c'est ça l'Amour ? Donner sa vie à quelqu'un ? Vivre comme un fantôme ? Je disais que la mort figeait l'amour. Dans cet appartement, l'amour a figé la

mort. Je prends mon ami dans les bras. Il n'avait jamais parlé de Denis. Il n'avait jamais prononcé son nom. Pas depuis cette nuit, sur ce lit. La vie est douloureuse. Je m'y préparais. L'amour fait partie de la vie. Maintenant, je sais.
Lucien regarde mon bras. Je descends la manche de mon pull. Je fonds en larmes. Ça y est. Je suis amoureuse et je m'en veux. Je m'en veux d'être amoureuse. Je ne décide plus. Je ne contrôle plus. Je ne résiste plus. Je ne peux plus respirer. Je ne peux plus me lever. Plus si tu n'es pas là. Si tu ne me prends plus dans tes bras. J'aime notre amour. Même s'il est fou. Même si moi aussi. Alors c'est ça l'amour ? Lucien me disait que j'étais faite pour aimer. Donc c'est ça. Je dois y aller. Te retrouver. Lucien me retient.
Le bleu ce n'est rien. Le bleu c'est cette danse. J'ai fermé les yeux. Mon amour, je t'ai blessé. Tu es en colère. J'ai cessé de te regarder. J'avais bu. Le reste, je ne sais plus. Je m'en veux, Lucien. L'amour rend faible. Je suis faite pour être faible. Je gratte ma peau. Je serre très fort. Comme toi. Fort comme toi. Je veux avoir mal. Mal comme toi. Je veux plus de bleus. Je m'en veux. Je m'en veux tellement. Regarde-moi. Je pleure. Je mouille les draps. Alors c'est ça l'Amour, Lucien ?
La première nuit, tu m'as dit que j'étais merveilleuse. Je me suis sentie merveilleuse. Hier soir, je ne faisais rien de mal. Hein, Lucien ? Rassure-moi. Dis-moi

que je ne faisais rien de mal. Hier soir, tu m'as mis la tête dans le caniveau. Je n'étais plus merveilleuse. J'ai mal. Partout. Tu es fou de moi. Tu m'aimes. Montre-moi que ce n'est pas faux. Que Lucien a tort. Que la marque sur ce bras a tort. Mon amour, montre-moi que tu m'aimes.

Je t'attends.
Je t'attends.

Je retourne dans mon studio. Sam dans ma main. Plusieurs appels en absence. C'est toi. Tu es là. Ton nom sur l'écran. Je dois poser ce téléphone. Je dois réfléchir. Sans toi. J'éteins. Écran noir. Pourquoi ne pas t'avoir montré Sam ? Pourquoi cacher mes journées au café ? Pourquoi ne pas avoir demandé le prénom de Pedro ? Pourquoi cette mélancolie ? Ta mère a tenté de se suicider. Est-ce que c'est vrai ? Pourquoi il n'y a qu'avec toi que je me sens en sécurité ? Pourquoi il n'y a qu'avec toi que j'ai peur ? Je ne comprends pas. Ma mère a regardé tes mains. « Il est anxieux. » Ma mère est intuitive. Moi aussi mais pas avec toi. Je n'ai pas l'esprit clair. J'ai du mal à respirer. Avec toi, toujours un poids sur ma poitrine. C'est noir. C'est tellement noir, mon amour. Ma mère ne t'aime pas. Ma mère veut mon bonheur. Avec toi, je ne suis pas heureuse. Sans toi, j'ai l'impression de mourir. Je ne me suis jamais autant sentie vivante. C'est grâce à toi.

Besoin urgent de sortir. Je cours dans la rue. Secoue la tête. Sors de ma tête. Je suis essoufflée. Je prends tout l'air qu'il me manque. Encore. Encore. Je crie. Je sors les mois d'angoisse. Ma mère va mieux. Les mois chez toi. Toi en moi. Je ne veux pas faire l'amour. Je veux dormir. Non, je veux autre chose. Je suis prête. Au conflit ? Non, autre chose. Cherche. Cherche encore. Descends. Creuse. La peau qui gratte. La tête chauffe. Les doigts tremblent. Il faut mutiler. Souffrir. Encore plus profond. Sentir tout son être. Vivante comme jamais. Même dans les pleurs. Je n'ai jamais autant pleuré que cette année. Autant ri. Bu. Mangé. Joui. Dansé. Je me suis envolée. Je me suis crashée. J'ai eu peur. J'ai toujours peur. La peur stimule. Je cours toujours. Crie plus fort. Va chercher. Le sujet inconnu. Je suis le sujet inconnu.

Je rentre dans le café. En transe. Je ne dis pas bonjour. Place fenêtre. Pas de vieux monsieur. Si, peut-être. Je ne les vois pas. Je ne vois personne. Je m'assois. Ça monte. Ça monte. Je veux encore pleurer mais je ne pleure pas. Les larmes sortiront. Tout sortira. Mais comment ? Les poumons sont remplis. Pas d'air. D'autre chose. Ferme les paupières. Dans le noir. Tes yeux disparaissent. Juste moi. Comme une danse. Je suis solo.
Un. Deux. Trois.
Je suis prête.

Un stylo, oui, c'est ça. Puis une feuille. Il me faut une feuille. Panique. Je dois avoir une feuille. Sinon, je meurs. Pas toi. Une feuille. Elle est sur la table. Tout est là. Une feuille blanche et un stylo.
Je suis prête.
Ma main prend le stylo. L'encre noire. Les mots qui coulent. Quels mots ? Plus tard. Je saurai plus tard. Souvenirs de ces quatre lignes sur l'homme passé. Lucien, le sans-abri et tant d'autres. Tant d'autres choses à dire. Quoi ? Je ne sais pas. Je saurai plus tard. J'ai des ressources. Conscient. Inconscient. En marche. Qui contrôle ? Je tiens le stylo. Toute la vie qui jaillit. Je me préparais. On y est. J'ai le temps. Du temps… Cette fois, oui. Le temps est mon ami.

25.

Je ne te vois plus mais j'écris. Je t'attends mais j'écris. Je me réveille, je te cherche mais j'écris. Je mange peu mais j'écris. Je bois de plus en plus mais j'écris. Je vais mal mais j'écris. Chaque heure, minute, seconde ; j'écris. Tout est supportable puisque j'écris. Toujours au même café. Je ne sais pas vraiment de quoi je parle. Les mots sortent sans que je les aie cherchés. Je n'ai rien cherché. Je n'ai rien demandé. J'étais une enfant bizarre. Une adolescente suicidaire. Une jeune femme paumée et seule. Ma mère a un cancer. J'ai donc moi aussi un cancer. J'ai pour seul compagnon une peluche et un ermite septuagénaire. Je suis amoureuse et j'ai une marque au bras. Le bleu est devenu vert. Il tire sur le jaune. Je préférais le bleu. Aujourd'hui, j'écris. Je fais le lien. Cette douleur n'était pas vaine. Elle a un sens.

J'ai peur de te croiser. Chaque rue, café, le hall de mon immeuble. Tu n'es jamais venu chez moi. Tu ne voulais pas. Tu voulais que chez toi devienne chez moi. Je suis donc tranquille. Pourtant je te cherche. Mon rythme cardiaque toujours à fond. À chaque croisement de rue j'espère te voir. Puis je rentre au *Zéphyr* et je ne tremble plus. Toute cette angoisse n'est pas vaine. Elle me rend plus forte. J'écris et la passion prend une autre forme. Elle n'a pas ton visage. Je suis protégée. Les mots, que des mots. Du rythme. Je trouve ma musique. Elle est à moi. J'avance. J'avance sans toi. Puis la fin de la journée. Je quitte le café. Tout recommence. Je longe les murs. Mon amour, où es-tu ? Pourquoi tu n'es pas là ?

Mes parents me croient en vacances. Ils m'attendent. Maman commence la radiothérapie. Ses cheveux repoussent. Papa reste chauve. Rien ne repousse comme il faut. Je ne suis pas en vacances. À la rentrée, je ne retournerai pas à la fac. Je suis la seule à le savoir. Je décide et je contrôle. Dans ce café, je suis le maître du monde. À l'extérieur, je suis chaos. Tu me manques, mon amour.
Je reprends le train à la gare de l'Est. Maman vient me chercher. Elle a les cheveux très courts. On va boire un verre en ville. Je ne lui parle pas de toi. Ma mère ne pose pas de questions. Elle sait. Dans le fond, elle espère que tu ne réapparaîtras pas. J'espère le contraire. Donc je ne parle pas de toi.
Ma mère va mieux. La nouvelle ne la réjouit pas. Une partie d'elle ne veut pas aller mieux. Une partie

d'elle s'est attachée au cancer comme à une vieille habitude. Elle ne l'avoue pas. Elle pense perdre quelque chose. La peur de redevenir invisible. Le cancer lui a donné une certaine importance. On aime toujours plus ceux qui risquent de partir. Le cancer comme nouvelle identité. Elle le regrette. La vie va reprendre son cours. Mon père regagnera son bureau. Il ne se baignera plus avec elle dans la piscine. Ils ne quitteront jamais cette région. C'est elle le véritable cancer. Impossible d'en sortir. Ma mère va mieux et elle retrouve ses vieux démons. Ma mère veut de l'amour. Toujours plus d'amour. Le cancer a amené l'espoir. Il le reprend. Le prix à payer. Ma mère va se rasseoir sur son tapis, se servir un verre. Puis un autre. Ma mère veut qu'on l'aime. Sans cancer, elle manque d'amour. Elle n'existe plus.

Je la prends dans mes bras. Rassure-toi, Maman, j'ai besoin de toi. Réjouis-toi, tu vas vivre. Crois-moi, je ne t'aime pas moins. L'amour sera toujours plus grand entre nous.

Ce soir-là, en rentrant, mon père était dans son bureau. Il n'est pas remonté de la nuit et j'ai dormi avec ma mère.

J'ai mal au ventre dans le train du retour. Je n'arrive pas à écrire. Dans les toilettes, je n'arrive pas à vomir. Je n'arrive à rien. Pendant une heure et vingt-trois minutes, je ne pense pas, je ne dors pas. Je ne suis que mal au ventre. On dit que le ventre est le

deuxième cerveau. Alors parle. Arrête de cogner et parle. Crache. Ne me laisse pas comme ça. Je me tords sur mon siège.
Ma mère va mieux. Cette nuit, elle m'a tenu la main. Comme avant. Je me sentais bizarre. Je n'étais pas à ma place. Sa place à elle était dans son lit avec mon père. Mais mon père a travaillé toute la nuit. Il rattrape les heures perdues. Perdues ? Ma mère ne va pas mieux. Ma mère était plus épanouie avec le cancer. Comment peut-on être plus heureux avec un cancer ? Comment ? Et si le cancer n'était pas la véritable maladie ? L'usure, voilà une autre maladie. Ma mère ne va pas mieux.

Le train arrive à quai. Je m'empresse de sortir. Le mal grandit. Il me retourne les tripes. Bloque mes poumons. J'ai du mal à respirer. Je m'assieds. Un instant. Juste un instant. Du calme. J'ai l'impression que les murs se rapprochent. Le ciel descend sur moi. Tout se resserre. Respire. Quelque chose ne va pas. Ce n'est pas ma mère. C'est une sensation. Un pressentiment. Quelque chose va arriver. Tout s'écroule. Tout s'écroule car tu es là. Je ne sais pas comment ni pourquoi mais tu es là. Le mal disparaît ; tu es là. Le manque ne me lance plus. Je ne manque de rien ; tu es là. Toutes mes promesses. Tenir. Ne pas t'appeler. Ne pas sonner chez toi. Ne pas pleurer pour toi. Tout s'écroule. Tu es là. La marque sur mon bras disparaît. Derrière toi. Je ne vois que toi. Mon amour, tu

es revenu. Tu ne devrais pas. Tu devrais me laisser car je te rends fou. Avec toi, je ne contrôle rien. Je tremble. J'aime trembler. J'aime notre folie.
Je te saute dans les bras. Tu m'embrasses plus fort que jamais. Tu sens comme tu m'as manqué. Comme sans toi, je ne vis pas. Comme j'ai besoin de toi. Tu aimes ça. Tu touches ma peau. Elle se dissout. Je suis à vif. Touche-moi encore. Tu es le seul à pouvoir m'atteindre. Tu le sais. Tu aimes ce pouvoir. Tu es ma maladie. Mon cancer, c'est toi. Tu es le seul à pouvoir m'en guérir.
Tu t'excuses et je te pardonne. Tu fonds en larmes et j'aime te voir pleurer. Tu m'aimes. Tu pleures donc tu m'aimes comme je t'aime. Ne sois plus désolé, c'est terminé. Je rentre à la maison. Ma maison, c'est toi.

26.

Le lendemain, tu m'emmènes à l'aéroport. C'est une surprise. Tu ne me laisses pas le temps de repasser chez moi. Tu l'as fait exprès. Ne pas me prévenir. Ne pas me laisser le choix. Pour toi, je quitte tout. Je laisse Sam et Lucien ; mon ordinateur et mes carnets. Tu as tout préparé. Tu n'arrêtes pas de dire à quel point tu m'aimes. À quel point ensemble nous allons être heureux. Est-ce que tu y crois ? Tu ne seras jamais heureux mon amour. Le bonheur n'existe pas avec toi. Peu m'importe. Le bonheur ne m'intéresse pas. Le bonheur est calme. Je ne veux pas être calme. Je veux souffrir. Ressentir. J'aime jouer ma vie à chaque instant. Le drame est magique. Tu ne me rendras pas heureuse, mon amour. Tu vas faire de moi un être extraordinaire.

Cuba. Pays de la danse. Je danse pour toi, avec toi. Jamais seule. On fait l'amour partout et tout le temps. J'apprends à monter à cheval. Toujours à deux. On se baigne, l'eau est transparente. On mange du poisson grillé les pieds dans le sable pour quatre dollars. Les Cubains ont apporté leur radio sur la plage. Ils dansent collés-serrés et boivent des canettes de Cristal. On les imite. Tout ensemble. Le soir, on sort boire du rhum et danser. Toutes les façades semblent avoir vécu mille guerres. Tu me prends en photo devant chacune d'entre elles. Chaque maison ressemble à un décor de film. Les visages de vieux Cubains qui fument le cigare : des tableaux. Je découvre des couleurs. Les gens vivent dans la misère. Des chiens qui crèvent sur les trottoirs. Il n'y a Internet nulle part. Pas de cinéma. Que du rhum, des cigares et de la musique. Une joyeuse tristesse. Clic. Flash. Encore une photo. Tu me trouves belle. Tu n'arrêtes pas de me le dire. Mes cheveux ont poussé. Les tiens aussi. Le soleil sur ma peau, des taches de rousseur. Tu les adores. Moi j'aime tes dents du bonheur. Tu me souris avec elles.

Rien que nous deux pendant un mois. Le monde n'existe qu'autour de nous. Rien entre nous. Tu me tiens par les hanches. Pas d'espace. Tu aimes occuper toute la place. Je n'ai que toi. Je ne te contredis pas. Je me laisse porter. Tu me protèges. Rien ne peut m'arriver. Personne ne m'aimera comme tu m'aimes. C'est ce que tu me murmures à l'oreille le soir avant d'éteindre la lumière. Au réveil, tu me demandes si je suis heureuse. Oui, mon amour. Je ne mens pas.

Je sais que cet état est passager. J'ai conscience qu'il a une fin. J'attends cette fin.
Aucun moment de solitude. Tu es tout le temps là et j'aime quand tu es là. Je crains l'après. Sans toi, je n'ai plus d'air. Avec toi, je ne respire pas. Tu me fais du bouche-à-bouche. Quelque chose me manque. Clic, flash. Tu figes ce moment. La tristesse dans le regard. Maintenant, tu sais. Toi aussi tu crains l'après. Mon amour, tu ne me suffis plus. C'est là, endormi. Ne m'en veux pas. Ne te fâche pas. Mon amour, je veux rentrer. Les yeux ne mentent jamais. Clic, flash. Maintenant tu connais la vérité. Il est temps de se réveiller.

L'été est terminé. Il fait beau à Paris. Les terrasses sont pleines à craquer. J'ai envie de m'arrêter boire un verre. Pas toi. Tu veux rentrer défaire nos valises. Dans l'avion, tu m'as demandé de venir vivre avec toi. De lâcher mon studio. Je t'ai dit que j'allais en parler à mes parents. J'ai paniqué. Je t'ai parlé de ton loyer, trop élevé. Tu me dis de ne pas m'inquiéter. Pourquoi tout précipiter ? Tu veux avancer. Passer plus de temps avec moi. Tu parles et les murs se rapprochent. Maintenant l'appartement. Je ne pourrai bientôt plus bouger. Tu veux me mettre dans une boîte. Me surveiller. M'empêcher. Tu aimerais savoir à quoi je pense. Ça te rend fou de ne pas savoir. J'ai envie de boire un verre. Mon café me manque. L'écriture me manque. Quelque chose d'autre que toi me manque et c'est merveilleux. Tu recommences à soupirer. Mon amour, tu soupires plus que tu ne respires. Le poids sur la poitrine. Paris, retour à la réalité. Tu t'assombris. Je souris. Je cherche des solutions. Issue de secours. À quoi je pense ? Je ne dois pas quitter mon studio. Je dois trouver un moyen de t'apaiser. J'aime le rôle que tu me donnes à jouer. Ta noirceur me rend lumineuse. Merci, mon amour. Continue, mon amour.

Je téléphone à ma mère. Elle me pose mille questions. Je parle peu. Je suis gênée. Tu es là. Tes yeux braqués sur moi. Tu attends que je parle de toi, de mon amour pour toi. Tu me testes. Je me sens fautive. Tu restes là. Je raccroche. Tu me demandes pourquoi je n'ai pas parlé de ta proposition d'emménagement. Je bégaye. Je me sens mal. Je ne sais pas quoi répondre. Je te jure que je ne sais pas. Je ne peux pas mentir car je ne sais pas. Quelque chose m'empêche d'imaginer un avenir avec toi. Quelque chose sent le danger. Je te dis que je rappellerai ma mère demain pour lui parler. Cette fois, je te mens. J'appellerai ma mère demain mais je ne lui parlerai pas de toi. Je vais garder mon studio. Mon amour, pourquoi je ne peux pas te dire la vérité ?
Mon amour, pourquoi il m'est impossible d'imaginer un avenir à tes côtés ?
Je commence à me déchirer, à mentir, à me détester.
Je suis dans ta boîte. Il est trop tard.

27.

Je dois dire la vérité à mes parents. Je leur explique les raisons qui m'ont amenée à échouer à mes examens. Papa, tu devrais comprendre. Non, il est inquiet. Lui a été au bout de ses études. Lui est journaliste. Lui révèle des scandales politiques. Il n'écrit pas d'histoires. Il écrit le réel. Les faits. Il sait de quoi il parle. Il maîtrise son sujet. Il donne des conférences. Des interviews. Son discours est construit. Des rendez-vous téléphoniques. Des articles dans les journaux. Sur lui et de lui. Lui fait rentrer de l'argent. Parfois beaucoup d'argent. Lui est plus âgé. Lui est un homme dans un monde d'hommes. Lui ne vient pas de la même époque. De là où il vient, il y avait de l'espoir. Un monde de possibles. Aujourd'hui, un monde impossible. Ma mère ne sait pas quoi dire. Les mots lui manquent. Ma mère, femme de… se sent inférieure. Aucune confiance en elle. Maman, tu as les mots. N'écoute pas Papa. Ce n'est pas lui qui m'a fait. C'est toi. Ne t'écrase pas. Sois de mon côté.

Crois en moi. Depuis toujours, ma mère me pense vouée à une vie extraordinaire. Elle me l'a répété, année après année. Nous y sommes, Maman. Là où tu voulais m'emmener. Ce destin auquel tu crois depuis ma naissance. Je ne te décevrai pas. Je ne ferai pas comme les autres. Je ne retournerai pas à la fac.
Mon père me pose un ultimatum. On peut écrire de n'importe où. Si je ne change pas d'avis, il arrêtera de payer mon appartement. J'ai le choix. La fac ou le retour à la maison, qui n'est plus ma maison. Je ne retournerai pas d'où je viens.

Donc j'ai le choix. Le retour chez mes parents n'en fait pas partie. La fac non plus. Mais j'ai le choix. Je peux travailler. J'aime les cafés. Serveuse ? Je veux écrire. Je ne veux pas servir du café. Pas de compromis. Je ne renoncerai pas. Ma décision est prise. Prépare-toi, Papa. Plus qu'un choix. Venir vivre avec toi. Rentrer tout entière dans la boîte. Dire on verra. Fermer les yeux. T'aimer et espérer que tu me laisseras exister. Juste un souffle. Assez pour écrire. Je ne serai pas heureuse. Je serai extraordinaire. C'est ce que tu veux, Maman ? Bien sûr que non. Ma mère prend la parole. L'argent ne vient pas d'elle. Moi, si. Elle pose son ultimatum. Elle parle de son cancer à mon père. Le déménagement dans le Sud, qui n'arrivera pas. Les vacances qui tardent à venir. Il lui avait promis. Elle ne lui demande rien. Juste ça. Tout sauf toi. Ma mère ne t'aime pas et parce que ma mère ne t'aime pas, je gagne du temps. J'ai six mois. Si dans six mois, je n'ai rien à montrer. Pas de plan d'avenir. Si l'inspiration s'est envolée. Alors je retournerai à la fac. Marché conclu. Tic-tac. Tic-tac. Pas de temps à perdre. Je n'ai plus la vie devant moi. J'ai six mois. Je ne sais pas où je vais mais je dois y aller. Mais où ? Mais où ? Au café, c'est un début.

Je reprends là où j'en étais. Inquiète que rien ne sorte. Case départ ? Non, j'ai déjà lancé les dés. Tout revient. Le rythme et l'histoire. Tempo solo. Les traits se dessinent. L'histoire d'une enfant qui devient ado. D'une ado qui devient femme. De vieux. De cafés. Tout ça dans un monde de fous. Ce n'est pas moi. C'est moi en plus fort. Tout en exagéré. Accéléré. Des ralentis car il en faut. Des baisers aussi. De l'amour. De la douleur. De la folie. J'avance en musique. Rien ne m'arrête. Rien ne m'arrête.

Je lève la tête pour commander, j'ai la gorge sèche. L'horloge me saute dessus. Je suis en retard, tu as horreur de m'attendre. Tic-tac. Tu aimes savoir ce que je fais, avec qui, où, comment. La fac te rassure. Tu connais les horaires. Mais j'ai plus d'une heure de retard. Je vais devoir courir. Métro. Puis, t'expliquer les raisons de ce retard. Cette fois je n'arriverai pas à mentir. Face-à-face, je vais craquer. Tu vas poser des questions. Je vais sentir l'angoisse monter. Mal au ventre. Je suis sûre que j'aurai mal au ventre.

J'ai mal au ventre. Tu es assis à la terrasse d'un bar, celui où nous avions rendez-vous. Quand tu me vois arriver, tu me fusilles du regard. Tu m'en veux. Tu doutes de moi. Je ne t'ai pas encore parlé mais je sais que vais devoir me défendre. Je blêmis et oui, j'ai mal au ventre. Je redoute ce qui m'attend car je sais ce qui m'attend. Je vais paniquer. Faire semblant. Mais je ne tiendrai pas longtemps. La culpabilité me pèse. Je dois avouer. Non, je ne vais plus à la fac mais dans un café. Tu vas vouloir connaître le nom de ce café. Savoir ce que j'y fais. Je vais résister. Pourquoi je vais résister ? Pourquoi ne pas simplement te dire la vérité ? J'ai arrêté la fac pour écrire. Je n'ai pas choisi. C'est simplement arrivé. Pourquoi j'ai si peur ? Mon amour, tu rêves d'écriture mais tu n'écris pas. Moi, je n'ai rien demandé et j'écris. Je t'ai trahi. Je suis sur le point de te faire mal. Tu ne te doutes pas à quel point. Je ne t'ai pas choisi. Pardonne-moi.

Tu n'écris pas. Moi, si. Tu détestes cette vérité. Elle te renvoie à toi. À ce que tu ne fais pas. Tu veux être le meilleur. Partout. Au travail, c'est toi. À l'école, c'était toi. Tu veux me faire jouir. Tu veux être le seul. Passer avant tout. Ma famille et ma vie. Ma vie sans moi. Tu refuses l'échec. Tu es celui qui prend la lumière. Tu crains l'abandon. Tu dois être le meilleur. Tu dois être meilleur que moi. Aujourd'hui, tu ne l'es pas. Tu n'écris pas. Moi, si. Un nouveau regard. De la haine. Que de la haine. Tu ne parles plus. Ne me touches plus. Tu m'en veux. Tu cherches un moyen de reprendre le pouvoir. Je sais ce que tu vas trouver. J'ai peur de ce que tu vas trouver.

Le lendemain, tu poses ta démission. Le lendemain, tu débarques au *Zéphyr*. Tu t'assois en face de moi. Tu sors ton ordinateur. Tu allumes l'écran. Tu m'annonces que toi aussi tu vas écrire. Tu me remercies. Je t'ai ouvert les yeux. Tu mens. Le reconnaître ce serait assumer qui tu es. Tu ne peux pas. Maintenant je sais. Tu te détestes. Dans le fond, tu ne peux que te détester. Mais moi, je t'aime. Tu ne supportes pas l'échec. Le retard. Tu veux tout contrôler. Me contrôler. Je dois t'appartenir. Je dois t'aimer et t'admirer. N'être que dans ton ombre. L'ombre grandit. Tu es tellement sombre. Tellement de choses qui te rongent. Ton amour est malsain. Tu ne veux pas mon bien. Lucien a raison. La marque sur mon bras avait raison. Tu veux la vérité, mon amour ? Tu ne m'inquiètes pas. Tu auras beau prendre tout l'espace. Celui là tu ne me le prendras pas. Aspirer tout l'air de ce monde, il m'en restera assez pour écrire. Me couper des autres et de ma famille. Vas-y ! Je ne t'aime pas moins. Tu veux te battre ? Très bien. Sur ce terrain, moi aussi, je suis redoutable.

Maintenant, je sais qui tu es. Je ne t'aime pas moins. N'oublie pas, tu fais de moi quelqu'un d'extraordinaire. Me pousse à aller plus haut. Je reste. Qui est le plus monstrueux de nous deux ? Je baisse la tête et continue à écrire.

28.

J'avance. Les semaines passent. Les aiguilles de l'horloge du *Zéphyr* ne s'arrêtent pas de tourner. Toujours à la même vitesse. Moi, de plus en plus rapide. J'avance. Tu es en face. Autour. À côté. Tu me fixes. Tu aimerais que je lève la tête. Que je t'embrasse. Te dise des mots d'amour. Tu as besoin d'amour. C'est ce que tu me demandes. De l'amour… Ce n'est pas d'amour dont tu as besoin. C'est d'inspiration. Pour toi, je devrais ralentir. Te rassurer. Être derrière toi. C'est impossible. Je vais vite. Tu regardes mes doigts courir sur le clavier. Tu aimerais courir toi aussi. Ma détermination te bloque. À l'arrêt. Je te vois souffrir. Je ne m'arrête pas. Pas le temps. Je me trouve et tu te perds. Tu te sens diminuer. Le soir, tu me le fais payer. Silence, culpabilité et sexe. Je suis fatiguée. Je te désire moins. Je ne t'aime pas moins, je te le promets. Je t'échappe et tu ne le supportes pas.

L'autre nuit, je me suis réveillée et tu te masturbais. L'une de tes mains m'agrippait le sein. Je t'ai laissé terminer. Puis tu es allé te détester dans la salle de bains. Taper sur les murs. Tu t'es sûrement fait mal. Je ne me suis pas levée. Je suis tellement fatiguée. T'aimer m'épuise.

Tu aimerais me lire. Voir que je n'ai pas de talent. Tu sais que c'est faux. Dans le fond, tu as peur de lire. Je te demande plus de temps. Bientôt, tu liras… bientôt, tu verras. Tu es jaloux. De tout ce qui m'éloigne de toi. Tu es jaloux de l'écriture. Tu es jaloux de moi. Tu aimerais être moi. Je suis imperturbable. Je te rends dingue. Tu ne montres rien. Tu ne veux pas paraître faible. Mais je te connais. Tu bous. Tu serres les poings sous la table.
Ma simple existence te détruit. Le soir, quand je n'écris pas, je m'en veux. Tu me persuades que je suis la responsable. Je suis la coupable. Car il te faut un coupable. Moi, toujours à bout de souffle. L'écriture compense l'enfer du quotidien. Un équilibre. Elle est ma lumière. Si la vie avec toi n'était pas si noire, est-ce que j'écrirais ? C'est la question que je me pose. Mes personnages soutiennent mon corps. Je ne tomberai pas. Ils me prennent la main. Je m'invente un monde où tu n'appuies pas sur ma poitrine. Un monde où je n'ai pas peur de m'exprimer. Où tout ce que je suis ne te fait pas souffrir.

Tu m'emmènes à quelques soirées. Pour me sortir. Pour avoir bonne conscience, que je ne puisse rien te reprocher. Je ne suis pas à l'aise. Je pense à garder le contact visuel. Ne jamais te tourner le dos. Ne pas sourire à un autre que toi. T'inclure dans chaque conversation. Tes amis le sentent. Ils sont gênés. Tu stresses tout le monde. Est-ce que tu t'en rends compte ? Est-ce que tu as toujours été aussi noir ? Mon amour, qu'est-ce qui t'arrive ? Est-ce que c'est depuis moi ?
Ce soir, on rejoint tes amis dans un bar. Je me suis assise à côté de toi. Je te caresse la cuisse. Calme-toi. Je ne parle qu'à toi. Tu te lèves pour aller aux toilettes. Pedro s'assoit à ta place. Il m'offre une bière. J'angoisse mais Pedro me détend. Ses yeux sont clairs. Tellement clairs. Il me demande si je suis toujours à la fac. J'hésite à lui parler de l'écriture. À nouveau, je me sens fautive. Ce serait te rabaisser que de lui dire. Je me perds dans mes explications. Finis par lui avouer. Avouer. Donc écrire est une faute. Je m'excuse d'écrire. Il me félicite. Son enthousiasme me soulage. Il ne fait que sourire. Rien de mal. Rien de mal, mon amour. Tu reviens. Je te tourne le dos. Je parle à Pedro. Pedro a pris ta place. Tu m'attrapes par le col de ma veste. Elle se déchire. Pedro me défend. Tu le frappes. Ton ami au sol. Le nez en sang. Je cours derrière toi. Je te calme. Je suis avec toi. Quelques jours plus tard, tu l'appelleras. Tu inventeras des histoires sur moi. Toi et moi. Des histoires auxquelles tu

essayeras de croire. Il le faut, tu n'es pas fou. Ta jalousie est justifiée. Je cherche à séduire la terre entière. Je n'existe qu'à travers le regard des autres. Je veux montrer mon corps. Attirer les regards. Me démarquer des autres. Tu n'es pas malade. C'est moi, la malade. Je suis perverse. Tu t'excuseras. Tu passeras pour une victime. Moi, un monstre.

Je ne sais pas à qui parler. Tu me coupes de mon monde. Mon monde c'est toi. Je n'en parle pas à ma mère. Si je raconte, je devrai te quitter. Cette idée m'est insupportable. Sans toi, je n'y arriverai pas. Tu me le dis souvent. Sans toi, je n'écrirai pas. Je ne ressentirai pas. Sans toi, je suis seule. Sans toi, je n'existe pas. Je finis par te croire. Je suis responsable de ta folie. Pardonne-moi. Personne ne m'aimera autant que toi. Chaque soir, dans le noir, tu me le susurres. Je te crois. Personne ne peut m'aimer à part toi.

La nuit, je me réveille en criant ton nom. Tu me prends dans tes bras. J'ai tellement peur. Tout le temps. Tout le temps dans tes bras. Je ne peux pas partir. Pourquoi ? Je ne sais pas. Je ne sais plus. Alors je tiens… Je contracte chaque muscle de mon corps. J'ai mal au dos. Tu me masses. Mon corps nu t'excite. Tu me pénètres par-derrière. Tu continues à me masser. Moi, la tête dans l'oreiller. Les larmes silencieuses coulent sur l'oreiller. Je n'ai jamais été aussi proche de moi. Pourtant, jamais aussi loin. Je ne me reconnais plus. La fille qui pleure pendant qu'il est en elle. Ce n'est pas moi. Je sais que c'est mal mais je continue. Je continue à être cette fille. À tester mes limites. Jusqu'au bout. Quand je tomberai et que tu ne pourras plus me remettre sur pied. Quand même tes bras ne me tiendront plus. Quand j'aurai tout donné. Alors prends… Continue de prendre. Pour l'instant, je tiens.

29.

Je veux te quitter. J'avale un somnifère. Je me rendors dans tes bras.
Le lendemain, je ne veux plus te quitter.

30.

J'en suis à mon deuxième chocolat chaud. Toujours par deux. Un verre de blanc ce n'est jamais assez. Un chewing-gum non plus. Toujours deux. Deux jambes. Deux bras, mains. Deux cerveaux. Celui du haut divisé en deux hémisphères. Le droit et le gauche. Deux côtés. Toi et moi. Toujours deux. Le deux ne deviendra jamais un. Il y a toujours la partie que l'on ne partage pas. La vérité. Tu me demandes à quoi je pense. Ce matin, tu m'as offert des fleurs. J'aime les fleurs. Toi aussi. Toi, les roses blanches. Classique. J'ai eu des roses blanches. Ce ne sont pas mes préférées, tu le sais. Sur le coup, je les ai trouvées magnifiques. Comme toi. Puis, elles m'ont rendue triste. Comme toi. Tu m'offres tout le temps des roses blanches. Tu aimerais que je sois différente. Tu passes tes journées à me regarder mais tu ne me vois pas. Tu vois des roses blanches. Voilà à quoi je pense. Et toi, à quoi tu penses ? Non, ne dis rien. Ne dis rien. Tu m'embrasses.

Je sors acheter des cigarettes. Je fume maintenant, comme toi. Plus qu'une dans mon paquet. Par deux. Toujours par deux. Je reviens dans cinq minutes. Je ferme mon ordinateur. Mon ordinateur a un code de sécurité. Je change ce code tous les jours. Je passe ma main dans tes cheveux. Tu lèves la tête. Tu me souris. Tes yeux sont tristes. Tes lèvres tremblent. Tu sembles si fragile. À cet instant précis, j'ai envie de baisser la garde. Me mettre nue devant toi. Te faire toucher chaque partie de mon corps. Te protéger. À cet instant précis, je sens la force du nous et je me dis que peut-être…
On fonctionne par deux. La partie de toi en moi. Puis l'autre. Celle qui est lucide. Celle qui met un code de sécurité à son ordinateur. Celle qui résiste. Celle-là ne met pas longtemps à rappliquer. La dualité rend fou. Je ne serai jamais tranquille.

Après le tabac, je m'arrête devant un fleuriste. Il y a des roses blanches. J'ai le paquet de cigarettes neuf dans ma poche. Je bloque sur les tournesols. Je les trouve incroyables. Par opposition aux roses blanches, elles deviennent mes fleurs préférées. J'en demande un bouquet. C'est pour offrir ? Non, c'est pour moi. Moi, je ne me fais jamais de cadeaux. Tu m'attends au café. Tu vas me voir arriver avec ce bouquet. Et qu'est-ce que je vais dire ? Ces fleurs ne sont pas pour toi. Elles sont pour moi. Tu m'en as déjà offert ce matin. Je me rapproche de la poubelle. Il y a des emballages plastiques, mouchoirs et canettes vides. Pas de fleurs. J'y jette les tournesols. Capituler. Choisir celle que tu voudrais que je sois. Les tournesols au milieu des déchets. Je te vois derrière la vitre du café. Tu portes la marinière du premier soir. Je te trouve magnifique et je me dis que j'ai de la chance. De la chance. J'ai de la chance…

Mon reflet dans cette même vitre, il se superpose au tien. Par deux. Toujours par deux. Je te regarde et je finis par ne plus me voir. Toi derrière cette vitre. Moi de l'autre côté. Tu vas bientôt relever la tête, les cinq minutes sont passées. À quoi tu penses ? Non, ne dis rien. Je ne veux pas savoir. J'allume ma deuxième cigarette. Je n'aime toujours pas le goût. Sécheresse sur mes mains, c'est désagréable. Je mouille avec ma langue. Comme toi. Je deviens toi. Superposition de mon corps sur le tien. Choc. Ma poitrine se bloque. Je sens tes mains autour de mon cou. Tu serres. Tu es assis derrière cette vitre. Tu es derrière moi. Tu es partout. Je n'ai plus d'air. J'étouffe. Tu serres un peu plus. De la chance… j'ai de la chance. Je suis en train d'étouffer mais j'ai de la chance.

Maman m'appelle. Pourquoi ma mère m'appelle à cet instant précis ? Seule une mère peut sentir ce genre de chose. Elle retire tes mains de mon cou. Je décroche. À bout de souffle. Ça va mon lapin ? Je ne sais pas ce que je lui réponds. Je raccroche. J'éteins ma cigarette. Je l'écrase. À pieds joints. J'insiste. Je récupère mon bouquet dans la poubelle. Mon cerveau tempête. Il détone. Va-t'en ! Marche. Marche plus vite. Sauve-toi. Je m'éloigne du café. Ce n'est plus mon café puisque tu y es. Puisque tu me prends tout ce que j'ai. Non, tu ne sauras pas à quoi je pense. Non, même si tu m'enchaînes et que je te tends mes bras. Cette partie-là, tu ne l'auras pas. Cette partie-là ne t'appartient pas. La pensée : passé, futur, avenir ; Sam, Lucien et mes parents. Et toi. Oui toi. Je te rassure ; je pense à toi. Mais pas qu'à toi. Ne me demande pas à quoi je pense. Tu serais jaloux. Hier au café, le serveur m'a souri et je l'ai trouvé mignon. Nous ne sommes pas que deux. Nous sommes beaucoup. Regarde le monde. Regarde-toi. Arrête de me regarder. Ce n'est pas moi que tu vois. Je veux bien te laisser mon corps. Ma peau. Mes fesses. Mes seins, tu as une fascination pour mes seins. Tu les mords. Toujours affamé. Tu les serres trop fort. Comme si tu voulais me les enlever. Très bien. Ce ne sont que des seins. Prends-les.

Pour le reste. Je cours. Sans savoir où je vais. Je descends la rue de Belleville. Ne pas m'arrêter. Ne surtout pas m'arrêter. C'est tout ce qui compte. Adrénaline. Avec toi, je ne vis que dans l'urgence. Toujours des drames. Ne jamais être en retard. Toujours, l'horloge qui fait tic-tac. Il faut que je me dépêche. Il faut que je te prouve mon amour. Toujours sur la pointe des pieds. Jamais à poings fermés. Je cours, de plus en plus vite. Cherche ma respiration. Où je vais ? Aucune idée.

Besoin d'arrêter le temps. Sortir de moi et regarder notre quotidien. Tu me tiens la main. On boit un verre. Les yeux dans les yeux. Il n'y a rien de grave si ce n'est ton visage. Toujours en souffrance. Avec toi, tout est dramatique. Il n'y a rien. Tout va bien. Mais non, toujours cette intensité. Question de vie ou de mort. C'est juste un verre. Juste ma main. Tu es une tragédie à toi tout seul. Mon amour, tu es ridicule. J'éclate de rire. Toute seule, canal Saint-Martin. Je pense à toi et je me moque de toi. De toi et de tes regards larmoyants. De ta jambe qui ne cesse de gigoter. De tes obsessions. Le pull ne doit surtout pas gratter. Les mains toujours hydratées. Les aliments coupés en minuscules petits carrés. Pauvre garçon. Ha ! Ha ! Ha ! Je pleure de rire. Bois ton verre et marre-toi avec moi. Mais non. C'est grave. Ce verre est terrible. Les ténèbres dans le sancerre. Je m'écroule sur le béton. Je te trouve pathétique. Mais peu à peu, mon rire s'essouffle. Je suis dans le tableau. Je coupe les aliments en petits carrés. Je ne lâche pas ta main. Je suis l'actrice principale de cette tragédie.
Je me remets à courir.

Je rentre dans le métro. La rame est presque vide. Je m'assois. En face de moi, un couple. Ils ne se

parlent pas, ne se touchent pas. Ils ont l'air de s'ennuyer. Je les envie. Avec toi, je ne m'ennuie jamais. Puis un Rom qui joue « La vie en rose » à l'accordéon. Du calme. Je veux du calme. J'appuie sur mes oreilles. Je me recroqueville sur mon siège. Genou contre cœur. Du calme. Je veux du calme…
Terminus du train, on descend. Mairie de Montreuil. Je me suis endormie. Partie je ne sais où. Des dizaines d'appels en absence. Tu t'inquiètes. Je te laisse t'inquiéter.

La nuit arrive tout doucement. Montreuil n'est pas beau. Que des hommes dans la rue et dans les cafés. De la couleur. Pas de blanc. Je ferme mon manteau, réajuste mon écharpe. Je n'aime pas me sentir ainsi. La réalité : je suis une femme. Dans cette rue, je suis en minorité. Je pourrais me faire violer. Je n'aime pas penser ainsi. Penser que la seule chose qui puisse arriver à une femme est un viol. Si j'étais un homme, ce serait différent. Je garderais mon manteau ouvert. Si j'étais un homme je ne penserais pas aux autres hommes. Si je garde ce manteau ouvert. Si on voit ma peau, je cherche. C'est toi qui me l'as dit. Je cherche. Donc je cherche à me faire violer. La coupable c'est moi. Alors je baisse la tête. Sinon je provoque. Sinon je suis une salope. C'est ça, mon amour ? J'ai presque envie de tenter le coup. Me faire défoncer pour voir ta réaction. Tu serais en colère. Contre moi ou contre eux ? Est-ce que tu te poserais la question du

manteau ? Ouvert ou fermé ? Moi la gueule en sang. Est-ce que je serais la coupable ? Ta réponse m'effraie plus que le viol en lui-même. Un type me siffle. Bingo ! Regarde, mon amour, tu as raison. Les mecs ne pensent qu'à ça. Et toi ? Toi, tu es différent ? Ne réponds pas. Tu te contrôles. Ton pied qui remue, les poings serrés, mâchoires contractées. Tu te retiens et un jour tu exploseras. On fonctionne par deux. Il y a celui qui viole et celui qui se fait violer.
Peut-on être violé par la personne qu'on aime ? Ne réponds pas.

Écran noir, plus de batterie. Je rentre dans le premier endroit avec des femmes et de la lumière. Samba. Je la repère tout de suite. Elle a un décolleté qui descend au nombril. Des mains de la taille de mes jambes. Des jambes qui me montent à la tête. Des tresses dans les cheveux, le front dégagé. Les yeux en amande, eye-liner qui allonge. La peau caramel, quelques grains de beauté dont un sur la pommette. Les fesses rebondies moulées dans un jean taille basse. Elle sert des caïpirinhas aux clients. Elle se penche. Je me demande ce que tu penserais d'elle. Provocante ? Oui. Excitante ? Putain, oui ! Elle sait qu'elle plaît. Elle en joue et elle s'en fout. Traitez-la de salope. D'inconsciente. Je la trouve courageuse. Belle à mourir. Une belle femme a plus de chances de se faire violer qu'une moche. Pas si sûr… Il faut être vraiment tordu pour avoir ce genre de pensée. Je m'assois et retire mon manteau. La belle approche. Ses hanches qui se balancent sur les notes de samba. Elle me propose de mettre mes fleurs dans un vase. Je la remercie et commande une caïpirinha. Je regarde mes mains, la moitié des siennes. Ma peau blanche, mes yeux verts, mon corps frêle. Qu'est-ce que je fous là ? Je suis hors la loi. Hors de tes lois. Un nouveau monde s'ouvre à moi. Un monde dont tu ne fais pas partie. Dont tu n'es pas le roi. Je vois plus grand et plus loin. Je vois le soleil. Il a le sens du rythme. Je sens les cordes de la guitare. Deuxième caïpirinha. Deuxième sourire. Tambour à friction. Claquements de doigts. Djembé. Troisième caïpirinha. Les clients se mettent à danser. La belle déplace les tables. Le soleil au centre. Fesses en arrière. Elle remue les bras. Lance les jambes. Avant, arrière. Si légère qu'elle pourrait s'envoler. Elle croise mon regard. Je vide mon verre, croque les glaçons. J'ai la bouche en feu.

Retour à la samba. La belle m'invite à danser. Je lui donne la main. En piste. C'est instinctif. Je trouve mes réflexes. En duo. Mes mains sur ses hanches. Frissons. Mon sexe qui réagit. Sa peau ne rougit pas. Elle ne me laisse pas de répit. Attaque. Un deux un deux. Elle me demande de détendre mes bras. Plus souples. Mon bassin se laisse faire. « Allez, ma belle. » Elle m'appelle ma belle. Elle me trouve belle. Je laisse aller. À elle de me guider. Elle sent bon. Transpiration sucrée. Putain, qu'est-ce qu'elle est belle ! Ma main monte jusqu'à ses reins. Sa peau, décharge électrique. Je frémis. De l'air. J'ai enfin de l'air. Et je souris. Encore et encore. Et je suis un soleil. Je ne sais plus ce que je bouge. Elle guide. J'ai confiance. Pas d'urgence. Il n'y a pas d'urgence. La musique et la tête qui tournent. Ivresse. Elle pose sa main sur ma poitrine, l'autre au bas de mon dos. Elle pousse et retient. Je chavire. Laisse tout aller. Tout va bien. Tout se passera bien. La vie va aller. Oui. À l'envers. Je suis à l'envers. Le monde à l'endroit. Tout se passera bien. Promets-moi que tout se passera bien. Surtout, ma belle, n'enlève pas tes mains. Laisse-moi partir. Tout se détend. Mes muscles expirent. Pas de soupirs. Le sang qui monte de plus en plus haut. C'est léger. Mon corps-plume. Je n'ai pas mal. C'est calme. Enfin calme. La musique, je l'entends. Ses mains, je les sens. Le sang arrive au cerveau. Je ne vois pas rouge. Je vois des étoiles. Un monde d'étoiles. Un sifflement. Je pars. Oui, laisse-moi partir. Je suis fatiguée, tellement fatiguée. Je vais enfin me reposer. Pas d'urgence. Les étoiles de plus en plus lumineuses. De plus en plus proches. Je pars en voyage. Seule, je veux être seule. Sifflement dans les oreilles. Rien ne pèse. Je flotte au milieu des lumières. Je disparais… C'est calme. Enfin calme.

La belle au-dessus de moi. Je ne vois qu'elle. Pas le cercle de personnes autour de nous. Juste elle, le soleil. Elle me demande si ça va. Je ne sais pas ce que je lui réponds. Je vais bien. Tout ira bien. J'ai les jambes relevées. Elle me les maintient en hauteur. La tête sur le carrelage. Il est froid. Les sensations reviennent. Les étoiles retournent au ciel. Je redescends sur terre. Là où tout ne va pas bien. Ma belle, je veux repartir. J'ai besoin d'un peu plus de temps. Elle me passe de l'eau sur le visage. Elle me réveille mais je ne veux pas me réveiller. Je ne veux pas rentrer. Garde-moi encore un peu. Laisse-moi reprendre des forces. Reste avec moi cette nuit. Prends soin de moi. Porte-moi. Je n'ai plus de forces. Le sang ne veut pas revenir. Muscles paralysés. Mes jambes sont fantômes. Je ne peux pas me lever. Pas marcher. Pas sortir dehors. Reprendre le métro. Ma bouche anesthésiée. Phrases incohérentes. Encore à l'envers. Mon esprit à contresens. Je ne retrouverai pas mon chemin. Je vais me perdre. Si je pars, il n'y aura que la nuit. Je ne vois plus dans le noir. Ne me laisse pas soleil.

La belle me propose de rester un peu. Elle m'offre un Coca. Je regagne un peu d'énergie. Assez pour formuler une phrase cohérente. Quelque chose comme merci. Le bar se vide. Il est donc deux heures du matin. Je pense à toi. Tu ne dors pas. Tu me cherches. Je pense à mon ordinateur avec toi. Je vais devoir rentrer. Je n'aime pas cette idée. Sam est dans mon sac. Il me rassure comme il peut. Je suis vidée. Je n'arrive pas à réagir. Plus tard… Je sais que ça viendra. Pour l'instant, je suis en veille. Il le faut. Je dois recharger mes batteries. Manger quelque chose pour commencer. La belle lit dans mes pensées et m'apporte une assiette de poulet au curry. Je rassemble toutes mes forces pour murmurer un autre merci.

La belle me regarde. Elle est instinctive. Elle ne triche pas. Ne calcule pas. Excessive. Généreuse. Spontanée. Si elle était un organe, elle serait un cœur. Elle pompe. Décide. Charge. Le cœur fait circuler le sang par des contractions rythmiques. La danse dans la peau. Oui, elle est un cœur. Oui, elle est un soleil. Les gens tournent autour d'elle, pas l'inverse. On discute un peu. Un quart de Venezuela, d'Éthiopie, de La Réunion et d'ici. Elle est un monde à elle seule. Plusieurs langues. Orpheline de père. Professeur de chant et serveuse. Elle partira bientôt en Angleterre. On lui propose de rejoindre les chœurs d'une comédie musicale. L'espoir dans ses yeux. Elle est seule, pas d'attaches. Elle décide. Elle part dans une semaine. Elle ne connaît pas la peur. C'est ce qu'elle dit. Je ne la crois pas. On a tous peur de perdre quelque chose. Elle : sa liberté. Le cœur veut rester au centre. Elle ne pourrait être ailleurs. Je ne parle pas de moi. Le moi n'existe pas ce soir. Au repos… Il ne pense pas car s'il pense, il devra partir.

Il posera des questions. Tremblera. Le moi dort. Chut, il ne faut pas le réveiller.

Plus de métro, la belle me propose de rester dormir chez elle. J'accepte.
C'est un studio coloré qui sent l'encens. Il y a des tapis au sol et aux murs. Des miroirs. Elle aime se regarder. Elle a raison, ce serait dommage de ne pas en profiter. Elle n'a pas de livres mais des instruments de musique qui prennent tout l'espace. Pas de canapé mais un lit au centre de la pièce. Elle se déshabille. C'est naturel. Je la regarde et ça aussi, c'est naturel. Elle s'approche de moi et m'aide à enlever mes vêtements. Je suis nue et je me laisse guider vers son lit. Ne surtout pas penser. Je ne suis qu'un corps. Une respiration. Calquée sur la sienne. Elle me montre la voie. Elle ne me demande rien. Pas de contrepartie. Elle me masse la nuque. Peau contre peau. Je ferme les yeux. Elle chante. Français, espagnol, portugais. Je n'écoute pas les paroles juste le rythme. Juste son cœur. Tout doucement, je repars dans les étoiles.

Lumière du jour. Son corps à côté du mien. Souffle régulier. L'impression d'avoir rêvé. D'avoir dormi mille ans. Profondément. Voyagé dans d'autres temps. Je la regarde dormir. Elle est réelle. Elle ne doit pas l'être. Elle doit rester à cet endroit. Entre rêve et réalité. Un ange… Elle est un ange. J'embrasse sa joue. Elle est chaude. Je lui laisse le bouquet de tournesols. Les fleurs lui vont bien.

Je quitte la bulle et m'apprête à regagner le froid et la tempête.

31.

On arrive à quinze heures aux urgences. Même pas minuit ou deux heures du matin. Même pas sous l'effet de drogues ou d'alcool. Même pas par accident. Comment on en arrive là ? Mieux : comment moi j'en suis arrivée là ? Je ne comprends pas. L'os de ta main a perforé ta peau ? Comment ? Hein ? Comment on a réussi à atteindre ce degré de n'importe quoi ? À devenir ce couple d'hystériques ? À bientôt vingt-deux ans, toi presque vingt-huit… Je me demande sincèrement comment. Sur le chemin de l'hôpital, j'ai tourné à vide. Toi, la main dans une serviette. Le rouge sur du violet, c'est marron. C'est flippant. La situation est flippante. Et l'os de ta main… Lui, terrifiant. À quel moment, ça a dérapé ? Vraiment dérapé ? Est-ce qu'il y a eu un jour précis où quelque chose a merdé ? Moi, toi, nous… Est-ce que c'est arrivé petit à petit ? Je crois oui. On le savait depuis le début. Pas que cet os allait sortir de ta main mais qu'on avait un sacré potentiel. Y en a qui ont des têtes à poux. Nous, des têtes à drames. C'est du masochisme. Je me demande qui tient le fouet. Est-ce que c'est vraiment celui qu'on croit ? Ta main pisse le sang. Ne regarde pas. Ne regarde pas. J'essaye de te rassurer. J'ai du mal. Je suis nulle pour rassurer. Je t'entends encore taper dans les murs. Quelque chose me dit que ce n'est pas le mur que tu cherchais à détruire. Plutôt ma gueule. Tu t'es retenu. Tu es bien élevé. Moi, j'ai du mal à te rassurer.

Le chauffeur du taxi est en stress pour le siège de sa voiture. Le sang tache. Le tissu et les esprits. Certaines taches ne partent pas. Il nous regarde de son rétroviseur. Il me fait presque de la peine. Presque plus que toi. Il est tiraillé entre sa compassion, tu as quand même un os apparent ; et le prix que va lui coûter le nettoyage de son siège, s'il arrive à le récupérer. Rien de moins sûr. Ce n'est pas bon pour le business d'avoir du sang sur le siège arrière. Tu tournes de l'œil. Je te mets une claque. Petite claque. Première claque. Tu reviens. Tu me demandes si je t'aime. Si je vais rester. Je suis couverte de ton sang. Bien sûr que je t'aime. Je t'aime à en devenir cette fille. À en devenir dingue. Tu me fais peur. Tu me fais mal. On s'aime mal mais on s'aime. Du moins si ce n'est pas de l'amour, c'est quelque chose de plus fort encore. Fracassant. Comme ce trou dans le mur. Mon amour, tu as fait un trou dans le mur. Je ne sais pas ce que c'est. Est-ce que l'amour fait des trous dans le mur ? Peut-être… J'espère. Il vaut toujours mieux savoir de quel mal on souffre. Je le nomme amour. Toi, mon amour. Oui, je t'aime. Oui, je vais rester. Jusqu'à temps que je ne le puisse plus. Ce temps n'est pas arrivé.

Tu ne sens pas la douleur. Tu as trop mal pour avoir mal. Le cerveau te protège. Tu devrais hurler mais tu me demandes si je t'aime. Est-ce que je devrais m'inquiéter ? Je n'ose pas soulever la serviette. Ce n'est pas beau. Je sais que ce n'est pas beau. Si je regarde, je vais paniquer, tourner de l'œil ou vomir. J'ai peur du sang. Jusque-là, j'ai été forte. Dans les situations de crise, il y en a toujours un qui doit garder son calme et trouver une solution. C'est une situation de crise. Un os qui sort d'une main. J'ai été calme. Toi, tu n'étais pas en état. Non, toi, tu as un os qui sort de ta main. J'ai pris la serviette. J'ai appelé un taxi. Je t'ai soutenu jusque-là. Je t'ai répété que ce n'était pas grave. Dans les situations de crise, il faut parfois mentir. C'est grave de frapper dans un mur et de se détruire. Au quotidien. Là, ta main. Le mur aussi. Donc je regarde droit devant. Tu es blême. Je t'imagine te vider de ton sang. Le chauffeur aussi, je suis sûre. Là, son siège arrière est foutu. Tu ressembles à un enfant, cherchant la protection de sa mère. Tes traits si fins. Tu grelottes. C'est étrange de te voir ainsi. En même temps, si familier. Je me demande si je fais partie de ces filles ridicules, persuadées de pouvoir guérir leur petit ami. Ceux qui cognent. Qui trompent. Se droguent. Se suicident. Je révise mon jugement. Ces filles ne sont pas ridicules. De l'extérieur, quand on n'y a pas goûté, peut-être. Dépasser les apparences. J'ai appris avec toi. Toi, le garçon distant dans une boîte de nuit. Aujourd'hui, tu viens de t'exploser la main par jalousie. Non, ne pas se fier aux apparences. C'est toujours plus compliqué. Chacun fait comme il peut... Du mieux qu'il peut. Est-ce que c'est ça, notre mieux ? Mon amour, ce n'est pas beau. Vraiment pas beau.

Le taxi freine. Secousse. L'os qui déchire un peu plus. Nous sommes arrivés. Je t'aide à sortir avec le chauffeur. Il a aussi peur de regarder l'état de son fauteuil que moi celui de ta main. Je le remercie. Il me souhaite bonne chance.
J'avais six ans lors de ma dernière visite aux urgences. J'avais eu la bonne idée de descendre mon bonnet sur mon visage pour jouer au fantôme. À l'époque j'imaginais des fantômes sans tête qui couraient et qui criaient. Mon père marchait, téléphone à l'oreille. Il n'a pas prêté attention à mon nouveau défi. Je devais passer au travers des passants et des obstacles comme les vrais fantômes. Je n'étais pas un vrai fantôme. Je ne suis pas passée au travers du poteau. Ma tête s'est mise à gonfler. Je ne voyais rien. Je n'avais pas mal. Je me souviens simplement de

l'expression sur le visage de mon père. C'est à ça que j'ai compris que quelque chose clochait. En effet, j'avais le front d'Elephant Man. Pauvre Papa ! Ma mère ne l'a pas épargné. Il faut dire que chaque accident arrivait en sa présence. Le vélo qui fonce dans le mur : cicatrice au genou. Le saut du lit superposé et le choc sur la barre en fer : la lèvre qui pendouille et les dents de lait en moins. Non, mon père ne faisait pas attention. Avec lui, j'ai découvert les urgences. D'une certaine façon, avant aujourd'hui, j'associais ces lieux à quelque chose de joyeux.
Plus maintenant.

Beaucoup de SDF. Odeur de vinasse et de peaux qui suintent. De graves accidentés. Un type dont on ne retire pas le casque de moto. Tête trop gonflée. Trop amochée. Tête en danger. Le casque pour ne pas effrayer. Garder le cerveau à sa place. Le casque qui a collé à la peau. Donc plus de peau. Beaucoup de scénarios possibles à partir d'un simple casque. Des femmes qui pensent accoucher mais qui n'accouchent pas vraiment. Un gars qui n'arrête pas de hurler. Des toxicos qui tremblent et grincent des dents. Une fille à la peau verte qui vient de vomir par terre. Odeur de vomi. Un petit garçon qui dort sur les genoux de sa mère fatiguée. Il a raison de dormir. Le tableau est assez effrayant, de la matière première pour les cauchemars.

Tu commences à ressentir la douleur. J'essaye de te divertir. Échec. Tu deviens de plus en plus blême. J'ai du mal à réfléchir. Trop de bruit et le type qui n'arrête pas de gueuler. La seule chose qui pourrait te changer les idées serait que je te raconte la nuit dernière. La Belle et moi, nues dans un lit. Cruel et efficace. Tu ne sais rien de cette nuit. Tu as fait fonctionner ton imagination et tu t'es enfermé pour cogner les murs. Alors si tu savais… La douleur monte. Les larmes coulent sur tes joues. Je me lève pour demander combien de temps encore. Combien de temps à attendre dans une salle qui pue le vomi et l'infection nosocomiale ? La fille de l'accueil soupire. Ce n'est pas de sa faute. Non. Ce n'est pas de sa faute. À qui alors ? Ce n'est pas un accident. Tu étais sobre et conscient. Il faisait jour. Je t'ai laissé t'enfermer dans la salle de bains.

Chacun fait comme il peut, ne l'oublie pas. Je te pardonne alors pardonne-moi.

La serviette tombe sur le sol. Sol sur lequel il y a du vomi, des culs sales et sûrement plusieurs milliards de bactéries. Plaie à l'air. Je pensais avoir peur du sang. Le sang fait partie de toi, toi de lui. Il est la vérité. Il est la vie. Il est la mort. Il est tout. Les veines bleues se démarquent sur ta peau blanche. Aujourd'hui, je vois leur vraie couleur. Je pensais avoir peur du sang, le tien me fascine. Je sais qui tu es. La vraie question est de savoir qui je suis. Mon sang. Couleur inconnue. Je n'ai pas peur du sang. Seulement du mien…

L'infirmière vient te chercher. Je dois t'attendre ici. Je ne bougerai pas, je promets. Je reste au milieu des drogués et des illuminés. Je reste à ma place. Tu pars. Le type continue de gueuler dans mes oreilles. Trois heures passent. Trois heures pendant lesquelles je pense à après. Comment on fera après ? Est-ce qu'on va en parler ? Oublier ? Est-ce qu'on va y arriver ? Le type au casque de moto n'est pas d'une grande aide, celui qui hurle depuis près de cinq heures non plus. Je suis toute seule. J'ai la mauvaise place. Celle qui attend, qui refait l'histoire, qui angoisse. La mère en face de moi peut le confirmer. Son fils a mal mais il ne se pose pas de questions. Elle, des centaines ; chaque seconde, des centaines. L'incertitude est terrible.

L'infirmière s'approche. Tu n'es pas à ses côtés. Pas sur pied. Angoisse. Où es-tu ? Ce n'est qu'une main. On ne meurt pas pour une main. Mon amour, tu n'es pas là. Pourquoi tu n'es pas là ? L'après sans toi. Toi qui tapes dans le mur. Les trous dans le mur ne tuent pas. Pas dans la vraie vie. C'est un cauchemar, je vais me réveiller. Crier ton nom. Tu me prendras dans tes bras et ce sera terminé. Le type crie de plus en plus fort. Je ne me réveille pas. L'infirmière de plus en plus près. Je ne suis pas dans tes bras ; je suis aux urgences et si tu es mort, ce sera de ma faute.

Tu vas devoir subir une opération. Quelque chose de compliqué. Plusieurs os brisés. Il faut de la chirurgie. Il va falloir être patient. Tu ne seras opéré que demain matin. Tous les chirurgiens n'opèrent pas les mains. C'est ta main droite. Tu as peur. Je te rassure. Cette fois, je me trouve plus convaincante. Je ne suis plus pressée. On a le temps. Des gens s'occupent de toi. Je blague sur les cas dans la salle d'attente. Je relativise. J'arrive à te faire sourire. La morphine fait effet. Je me dirige vers la sortie, besoin d'un Coca. Tu as peur que je m'en aille. Tu recommences à pleurer. Je me rassois. Même sous morphine tu angoisses et tu arrives à me faire rester. Tu te sens impuissant. Diminué. Tu ne peux pas me tenir par la taille. M'empêcher d'avancer sans toi. Tu ne veux pas me perdre. C'est ce que tu répètes. Encore et encore. Tu n'as que moi à présent. Je suis ta famille. J'aimerais que tu dormes, que tu lâches prise. Mais tu tiens, je ne sais comment. Tu es fort. Je te caresse les cheveux, te baise le front, comme une mère le ferait. Tu es moite.

Je te murmure une berceuse à l'oreille, celle que ma mère me chantait. Tes muscles se détendent. Doucement, tu laisses aller. Doucement, tu t'endors. Je sors de ta chambre.

Le type crie encore. L'autre a gardé son casque. La mère et l'enfant ne sont plus là. Je quitte l'hôpital.

Il fait nuit noire. Je passe récupérer mes affaires chez toi et retourne dormir dans mon studio. Dans mon lit, je t'imagine dans le tien. Je m'étire, prends toute la place. Je m'endors. Cette nuit je ne me réveille pas pour crier ton nom.

32.

Je me lève impatiente. Je me brosse les dents. Nettoie mon visage, le cœur qui bat. Je m'habille. Je prends Sam dans mon sac. Je suis prête. Dehors, le soleil brille. L'air est sec et froid. Je respire à m'en brûler les poumons. Je marche vite. Trop vite car je trébuche. Je ne fais pas attention : ni à gauche, ni à droite. Je traverse. Les voitures aussi. L'une klaxonne. Vous ne m'écraserez pas. Pas aujourd'hui. Aujourd'hui, je suis intouchable. Alors klaxonnez-moi, insultez-moi. Je n'entends pas. Je ne marche pas, je vole. Je ne sens pas mon corps, juste mon cerveau. Il jubile. Aucun nuage, ni dans le ciel, ni dans la tête. C'est clair, limpide. C'est ma journée.

Tu m'as écrit à l'aube. L'opération est déplacée à cet après-midi. Visites interdites le matin. Tu te réveilleras dans une chambre d'hôpital ce soir. Visites interdites après vingt heures. Je ne viendrai pas te voir. Tu resteras cette nuit encore par précaution. Je remercie les horaires de visite et les précautions. J'embrasse le règlement. Il m'offre cette journée. Liberté. Je suis terrible. Très bien. Je vais puiser dans ce terrible. Je vais écrire. Aujourd'hui, le dernier chapitre. Aujourd'hui, je mets le point final à une histoire.

Je ne crois pas au hasard. Toi et l'os de ta main. Le chirurgien qui a une opération plus urgente que la tienne ce matin. La nuit sans sursaut, sans cauchemar. Le ciel bleu. La voiture qui ne m'écrase pas. Il n'y a pas de hasard. L'os aurait pu rester à l'intérieur. Le mec qui s'est fait broyer les mains et qui a pris ta place aurait pu éviter l'accident. Il aurait plu et la voiture n'aurait pas réussi à freiner. Non. Pas de hasard. Cette journée est la mienne. Papa, Maman, vous allez voir. Comme j'ai travaillé. Gratté. Bricolé. Sué. Pleuré. Douté. Toujours avancer. Puis revenir. Relire. Supprimer. Recommencer. L'espoir était là. Pour faire monter plus haut. Plus haut encore. Pour y croire. Je ne tomberai pas. Peut-être un jour. Sûrement un jour. Pas aujourd'hui.

Je ne sais plus grand-chose. Plus le temps avance, plus je perds mes certitudes. Je pensais être une bonne personne. Je me suis trompée. Je ne suis pas une bonne personne. Je suis plus que ça. Mauvaise. Complexe. Égoïste. Je ne dis pas toujours la vérité. Je ne m'avoue pas tout. J'ai peur de me regarder dans la glace. De constater celle que je deviens. Mais je garde une certitude. Elle ne bouge pas, ne fléchit pas. Tête haute. Celle que je deviens écrit et écrira. Sans ça, plus rien n'a de sens. Sans ça, je te laisse gagner. Me prendre tout entière. Sans ça, je ne compte plus. N'existe plus. Je perds mon identité. Je redeviens fantôme. Plus d'espoir. Je deviens alcoolique. Je le suis déjà mais je ne deviens que ça. Je deviens ma mère. Je chope le cancer. Je te laisse m'attacher à une chaise et je ne bouge plus. Le mur blanc, la page blanche. Que du blanc. Du vide. Pas d'odeur. Le vide ne sent rien. Je deviens invisible. Tu pourras me baiser. Car ce ne sera plus de l'amour. Je ne serai plus habitée, juste un corps. On baise un corps. On fait l'amour à une personne. Je ne serai personne. Je comprends mon père. Son travail qui n'est pas un travail. Il est son identité. Sa respiration. Donc je serai asphyxiée. Je serai un légume. Un navet, quelque chose d'inintéressant. On laisse toujours le navet de côté. Je ne serai plus bonne à rien. Juste à se faire baiser. Encore et encore. Je deviens pute. Ta pute. Tu finiras par me jeter. Car ce qui te plaît, c'est la compétition. C'est que je ne cède pas. Que j'aie ce truc que tu n'as pas. Tu es dingue de moi car tu ne saisis pas tout. Je ne t'appartiens pas totalement. Je résiste. Ça te fait bander. Tu aimes la souffrance. Si je n'écris plus, je te perds. Car je ne serai plus rien. Plus rien à posséder. Aucune résistance. Ce sera facile. Trop facile.

J'allume mon ordinateur. Reprenons.
Je ne raconterai pas l'histoire de ce que j'écris. Je ne me pose pas la question de ce que j'écris. Il y a des personnages, une route et des péripéties. Une trajectoire. Un début et une fin. Il s'y passe des choses. Pas de dragons ni de tueurs en série. Je suis chacun de ces personnages ; je suis imaginaire. Je ne sais pas de quoi le texte parle. Il parle, c'est tout. Je ne sais pas non plus de quoi la vie parle. Je la laisse aller. L'écriture aussi. Elle coule. Les yeux fermés, mes doigts connaissent le chemin. Je sens la fin. Ils tentent de me freiner. Retarder. Je n'ai pas pensé à après, quand le dernier point aura été tapé. La différence entre un livre et la vie ? À la fin du livre, la vie continue. Et ma vie ? Est-ce qu'elle va continuer ?

On y est. Point final.
Il est vingt-trois heures. Je commande une pinte de Brooklyn Lager. C'est terminé. J'ai attendu ce moment pendant plusieurs mois. Réussir à tenir jusqu'à lui. Pour lui. Il est là et c'est terminé. Juste ça. Je bois ma bière pour fêter ça mais il n'y a rien à fêter. Je me sens plus seule que jamais. Je n'ai plus rien à faire ici. Cul sec. Je paye et quitte le *Zéphyr*.
J'aimerais que tu sois là. Je me sens incomplète. Le puzzle balancé contre un mur. Les pièces en vrac. Je suis démantelée. En miettes. Il faut me serrer très fort. Sam ? Allez, contre moi. Je sonne chez Lucien au milieu de la nuit. Je lui raconte le sentiment de

vide. Lucien me sert un whisky. Il me demande de lui imprimer mon manuscrit et de lui déposer devant sa porte demain. Pourquoi ? Il rigole. « À ton avis ? » Je n'en dors pas de la nuit.
À la première heure, je me rends dans un magasin pour imprimer. J'imprime. Les pages blanches sont inondées de mots, de lignes et de points. Des numéros. En rythme. J'aime leur musique. J'en retire une certaine jouissance. Je peux les toucher. Elles existent dans le réel. Page 183. 184. 185… Ça continue de sortir. Quand je serai poussière, elles resteront papier. Page 289. L'imprimante s'arrête. Je relie les feuilles entre elles. Ce soir, elles seront en d'autres mains. Bienveillantes et exigeantes. Je ne serai plus seule. Je commence à douter. J'étais studieuse et docile. J'ai changé au fil des pages. J'étais brillante. Est-ce qu'elles le sont aussi ? Je ne veux pas briller. Juste ressentir. Chercher la vérité. Je n'aurai pas de bonne note. Je me fous des fautes d'orthographe, de langue et de temps. Je n'étudie pas la langue mais les sentiments. Alors dis-moi, Lucien. Dis-moi ce que tu vois. Je dépose le manuscrit devant sa porte. Je pars sans me retourner. Je donne une partie de moi au monde et je deviens éternelle.

33.

L'éternité ? Tu parles…

Plus de trois semaines depuis le point final et rien. Pas d'éternité. Je suis anonyme. Je ne suis personne. J'ai écrit. C'est passé. Terminé. Je ne suis pas retournée dormir chez moi. Peur de ta réaction. Peur du jugement de Lucien. Donc le néant. Le vide intersidéral. *Nothing. Nada.* En portugais pareil : *nada.* En italien : *niente.* Dans toutes les langues du monde : rien. Il ne se passe plus rien. Je suis retournée au café pour ne rien faire. J'ai regardé les gens et rien n'est sorti.
Je comprends mieux ce que tu as ressenti. Me regarder écrire chaque jour et le vide qui reste vide. Tu me consoles. Tu veux prendre un nouveau départ. Tu me reparles de quitter mon studio et de ramener toutes mes affaires ici. Tu ne veux plus te disputer. Tu t'excuses chaque jour pour ton attitude de ces derniers mois. Je suis la personne la plus importante

à tes yeux. Tu me trouves à nouveau merveilleuse. Je ne fais plus rien et je suis merveilleuse. Je fais semblant d'être touchée par tes mots. C'est hypocrite. Tu caches ton soulagement. Je ne te confronte plus à ton propre échec. Maintenant, nous sommes pareils. Un soir, sous l'effet de l'alcool, tu m'as fait lire un paragraphe sur ton ordinateur. C'était bien écrit. Tu es bon élève. De longues et belles phrases. Beaucoup de virgules. Je n'ai rien ressenti. J'ai reconnu tes écrivains préférés. Je ne t'ai pas trouvé. J'ai maintenant la certitude que l'on n'apprend pas à écrire. J'ai accepté de te faire lire un peu de moi. Tu n'as pas été au bout. C'était trop douloureux. Nous ne sommes pas pareils. Tu le sais à présent. Après un silence, on a rangé nos ordinateurs.

Tu t'es résigné à retourner dans le monde du travail. Résigné. Je hais ce mot. Avec trois copains vous montez une start-up. C'est à la mode les start-up. Tu travailles à la maison, au café, parfois avec tes collègues. Je m'arrange pour ne pas être là. Tu me laisses sortir. Tu ne veux pas me présenter tes nouveaux copains. Tant mieux. Je ne veux pas les rencontrer. Je veux être tranquille avec ma déprime. Je descends au café en bas de chez toi. Je ne fais rien et c'est tranquille. Tu m'as expliqué ton nouveau job. Sans passion. Tu me dis que c'est en attendant d'avoir un manuscrit abouti. Tu as besoin d'y croire. Je fais semblant pour toi. Je ne suis pas comme toi.

Je ne sais pas faire autre chose qu'écrire. Je n'ai pas de diplôme. Je ne lis pas les journaux. Je ne sais pas cuisiner. Je ne parle qu'une langue. Je fais semblant de connaître les paroles des chansons. Je n'ai pas beaucoup de vocabulaire. Je fuis les conversations compliquées. Quand j'aime quelque chose, je ne sais pas expliquer pourquoi. J'oublie les noms de réalisateurs. Je ne vais pas au théâtre. Certaines choses pourtant simples et accessibles me paraissent impossibles. Je n'ai pas de plan B. Je sais simplement ressentir. L'écriture est ma manière d'être au monde. De sortir du silence. De sortir tout court. Les émotions qui ne se trouvent pas dans le dico. Je sublime les maux. Mais si je n'écris plus, la douleur reste douleur. La tienne devient insoutenable. J'accumule. Tout est lourd. Je pèse une tonne. Le moche reste moche. Le terrible, terrible. Je reprends des pilules pour apaiser. Ça marche sur le moment. Je m'endors.

Je n'ai que toi. C'est une souffrance confortable. Tu as réussi à m'éloigner de ma famille. Je ne sais pas comment. Petit à petit. Ma mère me manque. Je ne l'appelle plus. Je ne veux pas entendre la vérité. Elle m'en veut. Je sens les reproches à trois cents bornes. Elle ne cédera pas. Pas tant que tu seras là. Tu te dis victime d'une injustice. Ma mère est jalouse de toi. C'est elle, la malade. D'ailleurs, si je suis folle, c'est de sa faute. Pas de la tienne. Voilà ton raisonnement. Tu ne la critiques pas directement. C'est

sous-entendu. Tu ne cries pas. Tu parles doucement. Tu me prends la main. Tu es le seul qui m'aime sincèrement. Ma mère me fait de la peine donc je dois m'en éloigner. Mais toi, tu es là.
Mon père ne s'en mêle pas. Il me demande si j'ai avancé dans l'écriture. Je dis que tout va bien. Que bientôt, il pourra lire. Je mens et raconte avoir un plan pour écrire dans un magazine féminin. Je n'ai aucun plan. J'ai simplement bu un verre dans un bar et écouté la conversation d'une journaliste du *Elle* à la table d'à côté. Il me propose son aide, il connaît du monde. Je mens à nouveau et dis que je me débrouille très bien toute seule. Oui, Papa… Je me noie très bien toute seule.
La seule qui semble contente de cette situation est ma grand-mère. Lorraine et chrétienne. Elle a l'accent de l'Est et vit dans un de ces villages en -ange. Je ne vais pas souvent la voir. Veuve depuis dix ans. En admiration devant son fils unique, elle déteste sa belle-fille : ma mère. Elle déplore la mauvaise influence qu'elle peut avoir sur moi. Elle cuisine très bien la choucroute et pense que tout passe par la nourriture. Il faut manger pour aller mieux. Pour être intelligent. Pour être beau. Elle trouve que ma mère néglige sa famille. Ma mère ne fait pas de choucroute. Aujourd'hui, le cancer étant parti, ma grand-mère peut à nouveau critiquer sa belle-fille. Je pose le téléphone. Je ne supporte pas ses réflexions. Elle

aimerait que je me marie. Être arrière-grand-mère. Pour ces raisons, elle t'adore. Je raccroche.

L'angoisse monte quand tu abordes notre avenir. Ce soir, tu me parles de mariage. Je suis la femme de ta vie. J'aime quand tu me dis ce genre de choses. Tant qu'elles restent lointaines. L'avenir est un trou noir. J'ai peur du noir, celui de tes yeux. Je reste au présent. Au présent, je te parle de la robe dont je rêve. D'une plage, pas d'église. Ce n'est pas réel. C'est un jeu. On établit la liste des invités. On arrête car le réel frappe. Nous sommes coupés du monde. Il n'y aurait que nous. Le jeu est dangereux. Ce n'est pas normal. Rien n'est normal entre nous. Je n'ai jamais aimé ce mot de toute façon.

Tu finis la bouteille de blanc. Tu veux une cigarette. J'en ai dans mon sac. « Dans mon sac, mon amour. » Acte manqué. Je réagis trop tard. Tu as déjà la main dans mon sac. Tu sors Sam. Je panique. Sam, sans défense, me fixe de ses grands yeux noirs. Toi aussi. Pas le même noir.
Tu te fous des cigarettes. Tu tiens Sam. Je te demande de me le rendre. Calmement, de manière détachée même si chaque partie de moi crie au secours.

Au secours !

Mes organes durcissent. Ils deviennent pierre. Je suis une pierre, Sam. Je vais te sauver. De moins en moins calme. L'éternité… je n'ai pas l'éternité. J'ai peur pour mon ami.
Tu me demandes pourquoi je cache Sam dans mon sac. Depuis combien de temps ? Je ne réponds pas. Tu me traites de menteuse. Je ne mens pas puisque je ne parle pas. Tu reviens sur cette nuit où j'ai disparu. Pourquoi je refuse d'emménager avec toi ? Pourquoi je refuse de m'engager ? Ça tourne autour de moi. Je n'arrive pas à parler. Je suis tétanisée. Tu serres Sam. Je ne suis plus calme. Je ne suis que peur. La peur devient colère.

Rends-le-moi !

L'urgence, toujours l'urgence… Tu aimes ça. Me voir trembler. Tu reprends le contrôle. Alors, qu'est-ce que ça te fait ? Sentir que tu peux m'atteindre. La cicatrice encore rosée sur ta main. Tu peux à nouveau taper. Tu t'en prends à une peluche. Je te traite de minable. Le mot te foudroie. Tu vois, moi aussi, je sais où taper. Je suis une pierre. Pas de pitié. Je dois sauver mon ami. Tu serres plus fort.
De plus en plus noir…
Alors je pleure. Oui, je t'épouserai. Oui à tout. Je te supplie. Tu ne lâches pas. Je suis à genoux. Je m'agrippe à ton jean. Je suis prête à tout. Tu me repousses. Sam étouffe. Rends-le-moi !

Pitié, rends-le-moi…

Tu te marres. Me tends mes cachets. Ta voix est calme. Tu me demandes d'avaler ces cachets. C'est moi la malade. Tu me balances la boîte de pilules à la gueule. Des cachets partout sur le sol. Je ne me baisse pas. Tu me demandes de ramasser. Non ! Non ! Non ! Les mains sur les oreilles. Non ! Non ! Non ! Oui, je suis cinglée. Je ne ramasserai pas. J'enlève mon tee-shirt. Je te montre mes seins. Détends tes mains. Je m'approche de toi. Tu ne regardes pas mon corps. Non, tu ne lâcheras pas…Tu me traites de salope. Tu tires sur la couture de Sam. Mon ami est blessé. Oui mon amour, je suis une salope. Tu veux la vérité ? Très bien.

Prépare-toi.

Je te parle de cette nuit-là. Celle où j'ai désiré une femme. Ta rivale est une femme. Alors qu'est-ce que ça te fait ? Savoir qu'elle s'est assise nue sur moi. Sexe contre fesses. Elle a massé mon corps. Pendant que tu me cherchais partout, je dormais dans son lit. Dans ses bras. Je reprends le dessus. Je tape fort. Très fort. À quoi tu penses ? Laisse-moi deviner. Tu bouillonnes. Les images de nos corps nus. Ça t'excite. Ça te détruit. Tu es humilié. J'ai désiré un autre corps que le tien. Une femme… une femme putain !

On continue ? Parlons de cet emménagement. Je n'ai jamais envisagé de quitter mon appartement. Jamais, tu entends. Je garde une porte de sortie, car un jour il y aura une sortie. J'ai un ami là-bas. Il s'appelle Lucien. Lui, il m'a lue. En lui, j'ai confiance. Pourquoi je ne m'engage pas avec toi ? Parce que avec toi, la vie est impossible. Adrénaline, fatigue. En boucle. Toujours sur mes gardes. Encore ? Nous ne sommes pas beaux. C'est trop. Trop fort. Tu es une drogue. Voilà ce qu'on est. Deux drogués. Là, je fais une overdose. J'explose. J'explose… Je suis nue devant toi. La vérité devant toi…

Qu'est-ce qu'on fait maintenant ?

Tu m'agrippes par le bras. Sam tombe. Mon ami sauvé. Je ne me débats pas. Soulagement. Tu peux y aller.
Tu y vas. Ta main part. Je n'ai pas mal. Voilà du sang. Coupure au coin de la lèvre.
Je goûte. La vérité ? Je suis lucide. Je te laisse me frapper pour que tu lâches Sam.
Je suis plus dingue que toi.

Tu t'agenouilles et pleures à mes pieds : « Ne pars pas, ne me quitte pas ! » Regards dans le vide. Le désert si tu n'es pas là. Plus rien. L'enfer vaut mieux que le néant. Avec toi, je suis vivante. J'aime t'entendre chialer. Tu m'aimes, c'est ça ? C'est ça l'Amour ?

Maintenant tu sais tout. Tu m'aimes toujours. Je n'arrive pas à réagir. J'ai du sang dans la bouche. J'avale. C'est tout. J'avale ton coup. Sam va bien. Tout va bien. Moi aussi. Je finis par te consoler. Te pardonner. Tu lèches ma joue. Toi aussi, tu goûtes. Tu trouves ça bon alors tu lèches encore. Encore et encore. Partout. Tu es excité. Tu sors ton sexe. Je le sens contre ma peau et je n'en ai pas envie. Je ne ressens rien quand il me pénètre. Sur le parquet. Pas de douleur. Sam est en sécurité. Je le retourne. Je ne veux pas qu'il regarde. Toi, dans un état second, au bord de la jouissance. Moi, rien. Je préférais la gifle. De plus en plus vite, mes genoux frottent le sol. C'est désagréable. Ton sexe aussi. Tu me baises et je me laisse baiser.

Les cachets toujours éparpillés sur le sol. J'en avale un. Tu me serres très fort. L'éternité… Tu parles. Je m'endors avec le goût de mon sang dans la bouche.

34.

Je suis dans un vaisseau spatial. Ascenseur en verre et Bowie dans mes écouteurs. Je m'apprête à décoller de la planète Terre. Vers un autre monde, un monde dans les étoiles. *Ten, nine, eight...* On monte et je remonte le fil. À croire que tout est écrit.

Je ne suis pas une scientifique. Même si la science explique beaucoup, je crois qu'elle n'explique pas tout. Toi et moi par exemple. Si j'étais scientifique, j'arriverais à démontrer clairement et froidement pourquoi je suis amoureuse de toi. À laquelle de mes multiples névroses tu réponds. Pourquoi ma peau est attirée par la tienne. Une histoire de cellules, d'hormones. On mélange un liquide avec un autre et ils donnent une certaine couleur. Parfois, ils prennent feu. On passe à une nouvelle expérience. L'amour s'explique par des schémas. L'amour est un phénomène chimique. L'amour est donc logique mais je ne suis pas logique ; je ne suis pas scientifique. Je crois en quelque chose que je ne connais pas. Je ne veux pas tout savoir. Le savoir ne rend pas heureux. Au contraire. Je ne veux pas non plus être heureuse. Le bonheur n'est pas un but en soi. On n'est jamais tout le temps heureux. Si par moments, j'arrive à l'être, tant mieux. Non, je ne sais pas ce que je veux. Ce n'est pas clair. Ce n'est pas logique. C'est vivant. En perpétuel mouvement. J'avance. Voilà, une piste : avancer. Rester vivante. Garder espoir. Quelque chose va arriver. Quelque chose arrive toujours. La coupure au coin de ma lèvre est arrivée. Si elle n'était pas là, je ne serais pas rentrée chez moi déposer Sam. Je n'aurais pas eu le courage de quitter ton appartement. Pour quelques jours, c'est ce que je t'ai dit. Si cette coupure n'était pas là, tu ne m'aurais pas laissée partir. Si je n'étais pas partie, je n'aurais pas découvert l'enveloppe sur mon paillasson. Et je ne serais pas dans cet ascenseur qui monte vers le rendez-vous le plus important de ma vie. Ma vie ne serait pas sur le point de changer. Je ne savais pas ce que je voulais avant cette enveloppe. Écrire, oui. Continuer à ressentir tout et très fort. Mais dans quel but ? Je ne savais pas où j'allais. Où notre histoire allait me conduire. Maintenant je sais : je suis dans cet ascenseur et je ne regrette rien.

Je n'attendais pas cette enveloppe. Je ne reçois jamais de courrier. De temps en temps, un relevé de mes comptes pour me rappeler que je n'ai pas d'argent, que j'ai un prêt étudiant alors que je n'étudie pas. Le courrier ne m'annonce jamais de bonnes nouvelles. Juste la réalité. Je n'ai pas un rond mais à mon âge, il paraît que c'est normal. Normal, quel mot ennuyeux ! Certes l'argent n'est pas un but en soi. C'est comme le bonheur. Si un jour je suis riche, ce sera tant mieux. L'enveloppe ne vient pas de ma banque. Elle n'est pas dans ma boîte aux lettres mais devant ma porte. Les meilleures choses comme les pires arrivent souvent quand on ne les attend pas. La preuve. À l'intérieur : la carte d'un éditeur et une lettre manuscrite, « Un écrivain est né. J'aimerais beaucoup vous rencontrer… ». Juste ça.

Two, one, liftoff... Les portes s'ouvrent et je décolle.

35.

Anne a la soixantaine, de petites lunettes rondes et de drôles de vêtements. Du bleu, du bleu, de l'orange et du jaune. Beaucoup de couleurs pour une tenue. C'est une vieille amie de Lucien, elle ne m'en dit pas plus. Je ne m'attends pas à avoir plus de détails de la part de Lucien. Elle a un grand bureau avec beaucoup de photos. La plupart sont de ses enfants et petits-enfants. Je n'ai pas parlé de ce rendez-vous à mon père. À personne sauf à Sam. Je peux toujours compter sur sa discrétion. Mon père s'en serait mêlé. Il m'aurait donné des conseils, se serait renseigné auprès de ses amis sur Anne. Je veux me débrouiller seule. J'ai vingt-deux ans et j'ai un rendez-vous avec la directrice de collection d'une maison d'édition. C'est grâce à moi. J'essaye de m'en persuader même si une partie de moi pense que je te dois quelque chose. Tu m'as plusieurs fois dit que j'écrivais grâce à toi. C'est toi, le premier à m'avoir parlé d'écriture donc je t'ai copié. Puis, comme tu m'aimes et que tu veux mon bonheur, tu m'as soutenue dans ce processus d'écriture. Chaque jour au café, tu étais là. Pour moi, donc. Voilà ce que tu racontes. Ma version est quelque peu différente.

Anne me sert un thé. Mon manuscrit est sur son bureau. Elle le feuillette devant moi. Je ne sais pas comment je tiens sur ma chaise. J'ai froid et chaud. Envie de vomir comme après plusieurs tours de stade. Je ne cours pas, je suis assise. Et pourtant… J'ai envie de m'allonger, de retirer mon pull. En fait, j'ai chaud. J'ai des bouffées de chaleur. La ménopause à vingt-deux ans. J'ai les joues rouges, une couleur de plus dans ce bureau. Je lui demanderais bien d'ouvrir la fenêtre mais je ne peux pas parler. Je suis en manque de salive et d'oxygène. Je ne pose pas de questions. Elle continue de feuilleter et se gratte la gorge. Ce n'est jamais bon signe. Le grattement de gorge précède en général une mauvaise nouvelle, quelque chose de difficile à annoncer. Elle boit une gorgée de thé. Je l'imite et me brûle la langue. Mes joues tirent sur le violet. Elle reste silencieuse et calme. Comme si ce thé n'était pas bouillant, qu'elle n'avait pas en face d'elle une jeune femme transpirante proche de l'évanouissement. Non, tout semble habituel. Je reprends un peu de thé car ma gorge est sèche et que je ne peux pas rester sans rien faire. Je me brûle à nouveau. Elle se ressert une tasse. J'ai affaire à une insensible de la langue et du cœur, sûrement aveugle. Elle ne me voit pas. Super tes amis, Lucien. Je comprends que tu restes cloîtré chez toi.

Elle finit par relever la tête, me regarde. En silence. De pire en pire. Elle me demande si je reveux du thé. Non, ma tasse est encore pleine. « Bien, bien… » Elle se remet à feuilleter. C'est insoutenable. Encore quelques minutes et je m'écroule sur son tapis, bariolé lui aussi. Je me lance et lui demande si tout va bien. Elle sourit. Ce ne sont pas ses vraies dents. Trop blanches et trop grandes pour son âge. Elle me répond que tout va très bien et me remercie de m'en inquiéter. Il est évident que je ne m'inquiète pas de sa santé. Je me demande si elle fait semblant de ne pas parler du manuscrit ou si elle est complètement perchée. Sûrement les deux. De toute façon, personne ne peut avoir l'esprit clair avec des vêtements pareils.
Un quart d'heure passe. Je cède à la deuxième tasse de thé. À la première gorgée, elle commence à parler. Elle rentre dans le vif du sujet. Elle a adoré ce qu'elle a lu. Elle trouve l'écriture percutante, à vif. Elle est étonnée de mon jeune âge. Quand elle parle, elle ne me regarde pas. Elle semble déjà partie. Ses yeux ne sont pas connectés avec sa bouche. Elle pense à autre chose, au mot d'après. Cette femme n'est ni dans le passé, ni dans le présent mais dans le futur. Toujours un cran d'avance. C'est étonnant. Elle aime la vérité de mes mots. C'est fort, très fort, qu'elle me

dit. Elle reprend une gorgée et racle à nouveau sa gorge. Elle dit qu'elle pourrait me publier en l'état et marque un temps. Le mot publier résonne dans ma tête. Mais elle ne le fera pas. Douche froide. Je me crashe à nouveau. Le mot publier baigne sur le béton au milieu des résidus de ma cervelle. Je n'ai plus chaud. À quoi bon m'annoncer qu'elle pourrait me publier si c'est pour dire le contraire la seconde d'après ? Elle continue de parler. Elle n'est pas d'accord avec ma fin. Elle la trouve trop rapide. Comme si elle avait été écrite dans l'urgence. Si elle savait… Elle me répète que le texte est bon, très bon même. Il y a bien sûr du travail, beaucoup de facilités de langage mais ce n'est pas le problème. Le problème, c'est cette fin. Ce serait une erreur de le sortir ainsi. Il pourrait être plus fort. Ce qu'on ressent tout au long du manuscrit, on ne le retrouve pas à la fin. Ce n'est pas une bonne fin. Puis elle se met à philosopher, à faire des métaphores hasardeuses sur le travail de l'écrivain. Elle le compare à des animaux de la jungle. Je n'y comprends rien. Juste que ma fin n'est pas une bonne fin. Mais est-ce que les bonnes fins existent ? Pas dans la vraie vie… Ce n'est pas la vraie vie. C'est mon erreur. Elle me demande de retravailler et de lui envoyer mon texte quand il sera terminé. J'acquiesce, repose ma tasse au milieu des cadres photos, à côté de mon manuscrit. Je la remercie d'avoir pris le temps de me recevoir et quitte son bureau.

Dans l'ascenseur qui n'est plus un vaisseau spatial, simplement un ascenseur. Je repense à cette conversation. Puis, à toi. C'est lié. Tout est lié. Tu ne termineras jamais ton manuscrit. Tu ne prendras jamais cet ascenseur. Tu ne seras jamais publié. Moi si. Je n'écris pas parce que tu m'y as encouragée. Tu as tout fait pour m'en empêcher. Je ne peux pas te dire non. Quand tu as envie de moi. Quand tu ne veux pas que je sorte de l'appartement… Je ne t'ai pas dit non le premier soir. À cette table, bistrot Montparnasse, je n'ai pas réussi à me lever de ma chaise. Dès le début, j'étais condamnée. Mais je me suis mise à écrire. Je ne dis pas non, j'écris. D'une certaine façon, tu m'as tirée vers le haut. Tu m'as donné de la force. Pas le choix. Quand tu m'as rencontrée, je pensais que ma douleur me protégeait de toutes les autres. Je me suis trompée. Non, ma douleur m'a permis de voir la tienne. Ne pas en avoir peur. En tirer de la lumière. Oui, grâce à toi, je suis devenue lumière. Je pensais que ça allait durer, encore et encore… Mais quelque chose a changé. L'équilibre s'est inversé. La lumière de plus en plus faible. C'était risqué, je le savais. La cage se referme et plus de lumière. On y est. À cette fin dont Anne me parle. Je suis dans le noir avec toi. Tu ne me fais que du mal à présent. Maintenant, je sais.

Je dois te quitter.

Les portes s'ouvrent sur ce monde dont tu fais partie. Je décide de partir de Paris quelque temps. Je dois trouver cette fin. Retour aux sources. Maman, Papa, je rentre à la maison.

36.

Je raconte mon rendez-vous avec Anne à mes parents. J'enjolive un peu. Ma mère n'arrête pas de sourire. Depuis que je suis arrivée, avant même que je parle. Elle me regarde et elle sourit. Mon père ne me félicite pas mais je sais qu'il est fier. Un peu agacé aussi. Je n'ai pas eu besoin de lui. Sa petite fille devient grande. On dîne au restaurant le premier soir. Un italien auquel on allait parfois quand Maman ne voulait pas cuisiner, ou pour fêter quelque chose. On boit des Spritz. Mon père commande toujours la pizza Parma. Ma mère et moi, les tagliatelles aux scampis. Certaines choses ne changent pas. On nous offre la première tournée. On trinque. « À notre futur écrivain ! » Ma mère reprend mon père sur le futur. « À notre écrivain ! » On boit une première gorgée. On ne m'avait jamais appelée écrivain. Ma mère me dit qu'elle l'a toujours su. Depuis que je suis gamine, j'allais avoir une vie extraordinaire. Maman redis-le-moi. J'ai besoin de l'entendre encore. Mon père

nous observe, il a un drôle d'air. Il sourit lui aussi. Quelque chose à m'annoncer ? J'explique que je vais rester un moment avec eux pour travailler sur le manuscrit. La nouvelle ne semble pas leur faire plaisir. Qu'est-ce qui se passe ?
Ma mère recommande trois Spritz. Très bien, buvons…

Écrivain. Je ne sais pas si je suis écrivain. Je ressens une légère angoisse. J'ai écrit mais est-ce que je vais toujours écrire ? C'est ce que je veux. J'ai écrit alors que je ne le voulais pas. Maintenant que je le veux, est-ce que je vais continuer ? Maman redis-moi que tu le savais. Intégrer que ce n'est pas grâce à toi. Que je peux m'en sortir seule. Que c'est en moi. Depuis toujours. Tu as simplement accéléré le processus. Oui, ma mère le sentait depuis toujours. Avant toi. Ma mère a raison. N'est-ce pas, Maman ?
Maman, j'ai besoin de toi.

Mon père discute avec le propriétaire du restaurant. Tournée de limoncello. Je me retrouve seule avec ma mère. Elle me demande si tout va bien. Si je vis toujours chez toi. Je lui raconte. Elle me répète à quel point elle est fière de moi. Ne jamais me laisser faire. Me battre, toujours. Ne jamais arrêter. Elle s'excuse d'avoir été distante. Elle ne pouvait pas faire autrement. Elle était en colère. Mais c'est terminé, maintenant. Elle me le fait promettre. Je promets à ma

mère de ne pas revenir vers toi. Je tiens toujours mes promesses. Mais celle-là… Je sais qu'elle a raison. Mais celle-là me tord les boyaux. Je ne veux pas mentir à ma mère. Je t'ai écrit une lettre avant de partir. Une lettre… Je ne t'ai pas quitté. J'ai dit que je partais pour quelque temps. Quelque temps, c'est flou. Je ne peux pas être claire. Non : c'est clair. Je ne peux pas te dire non. C'est terminé, je te quitte ; voilà ce que j'aurais dû écrire. Je n'y arrive pas. Je ne pouvais pas être face à toi. J'en suis là. Je ne suis pas forte, Maman. Tu te trompes. Une lettre, c'est lâche. On ne quitte pas quelqu'un par courrier. Pas toi. Je ne veux pas te quitter. Maman, je n'y arriverai pas. Je ne veux pas y retourner.
Maman, j'ai besoin de toi.
Je fonds en larmes dans les bras de ma mère. « Tu vas y arriver, moi je le sais. » Ma mère a raison. Ma mère doit avoir raison. Dans ses bras, tout me paraît possible. Tu n'es pas là. Tu ne seras jamais dans les bras de ma mère. Je suis en sécurité. Je t'aime, Maman.

Nous sommes les derniers clients. Le patron allume la radio. « Doesn't Mean Anything », d'Alicia Keys. Maman sait à quel point j'aime cette chanson. Je l'écoutais sur le chemin du collège. Je n'avais que cette chanson sur mon iPod. C'était un choix. Je suis obsessionnelle. À treize ans aussi. Certaines choses ne changent pas. J'étais souvent triste. Cette chanson me donnait de l'espoir. Tous les matins, j'appuyais sur play et je me répétais que tout, la vie, allait bien se passer. J'allais y arriver. Je fermais les yeux et je sentais la force. Elle était en moi. Tout au fond. Je l'appelais. Un jour, elle monterait. Je serais libérée. Un jour, je transformerais ma douleur en quelque chose de beau. Oui, c'est vrai, Maman. Je devais être extraordinaire. C'est ce qui m'a fait tenir. La promesse d'une vie. Une putain de vie. Je rembobinais. En boucle, chaque matin, pendant des années. Regarde, Maman, je suis en vie. Toi aussi. Ma mère demande au patron de monter le son. On se lève et on chante ensemble. On est fortes ensemble. Ma mère me prend les mains et me serre contre elle. On tourne dans la pièce. Rien que nous et cette chanson. C'est si beau. Je ne pense pas à toi. Je choisis ma mère. C'est ça l'Amour. Toujours plus grand. Je me choisis. À treize ans, je le savais déjà. Je peux être forte. C'est mon moment. On y est. Enfin on y est. Continue de chanter. Que ce moment dure toujours car à cet instant tout est possible. Je suis invincible.

La chanson est terminée. Maman a les joues mouillées. Elle sourit à nouveau. Je connais ma mère. Elle est sur le point de craquer. Mon père et le patron sortent du restaurant pour fumer mais mon père ne fume pas. Ma mère s'assoit. Ma main dans la sienne. Je m'assois en face d'elle. Elle met quelques

secondes avant de relever la tête. Ses yeux remplis d'amour et d'eau. Ça coule sur ses joues. Maman ?
J'ai besoin de toi, Maman.
Je t'aime, Maman.
Elle caresse ma joue. Inspire et m'annonce que le cancer est revenu. Cette fois, il ne partira pas.
J'ai besoin de toi, Maman.
Je t'aime, Maman.

37.

Ma mère est morte.

38.

Ma mère est morte.
Je respire et ma mère est morte. Mes yeux sont ouverts et je ne la vois pas. J'entends des voix, plus la sienne. Je cherche ma mère. Je ne la trouve pas. Ma mère est morte. Partout, elle est morte. Dans le présent, elle n'est plus là. Le futur se fera sans ma mère. Tout sans elle. Je suis en vie et ma mère est morte. Ça sonne faux. Tout. Le ciel, mon père, le soleil qui tape. Il fait bon dehors. Plus de froid. Ma mère est morte. Ma vie sonne faux. Cette réalité n'existe pas. Rien n'existe sans ma mère. Je refuse de respirer, manger, bouger… Je refuse toute forme de vie sans elle. Ce n'est pas vrai. Je touche la table, je sens le bois sous ma main mais cette table n'existe pas. Il le faut. Ma mère est guérie. Ma mère est en vie. Je vais la voir franchir cette porte. J'attends. Maman, viens. Je t'en supplie, Maman. Tu dois venir. Ne me laisse pas. Je t'en supplie. Je t'aime trop. C'est gâcher. On ne peut pas gâcher autant d'amour. Tu dois venir.

Allez, dépêche-toi ! Je ne partirai plus. Je resterai à vie sur le tapis, dans cette région pourrie. Je te le jure. Maman, je tiens mes promesses mais sans toi rien ne tient. Mon corps n'est plus mon corps. Rien n'existe. Ça n'a pas de sens. Le monde sans ma mère n'a pas de sens. Combien de fois encore je pourrai t'appeler Maman ? Te dire je t'aime. Une infinité. Comme les nombres qui ne s'arrêtent jamais. C'est comme ça que je t'aime. Comme ce nombre qui n'arrive jamais. Il n'y a pas de fin. Mais si t'es morte, Maman, il y a une fin. Je dis non. Je dois dire Maman. Rien que Maman. Encore, Maman. En boucle, jusqu'à ce qu'elle revienne. J'ai besoin de toi, Maman. Je ne suis pas prête. Reviens ! Montre-moi encore comment je dois me battre. Je n'arrive même plus à respirer. Je n'ai plus envie. Si ma mère est morte, je n'espère plus. Je dois continuer. Sans espoir, il n'y a plus rien. Ça me fait peur. Maman, tu sais à quel point j'ai du mal à trouver du sens à la vie. Sans toi, plus rien n'a de sens. Comment je fais maintenant ? C'est absurde. Non, je dois espérer. Tu vas passer cette porte. Je compte jusqu'à trois. Je divise le trois en une infinité de nombres. Reviens, Maman. Je t'en supplie, reviens.

Je te sers un verre de vin blanc. Regarde. Il est pour toi, maman. S'il te plaît, viens t'asseoir. Si tu préfères, je prépare un cocktail. Oui, c'est ça, Maman préfère un cocktail. Allez c'est parti. Au pif. Le rhum

et un peu de jus de banane. C'est prêt ! Viens, j'ai dit que c'était prêt. Ah non, pardon, j'ai oublié le citron vert. Comment je fais pour oublier le citron vert ? Pardon, Maman. Pardon. Je t'en supplie, pardonne-moi et reviens.
J'en suis à deux. On a encore le temps. Une seconde. Mais je vais la faire durer. Jusqu'à ce que tu pousses cette porte. Je n'entends pas tes pas. J'écoute. C'est silencieux. Mes oreilles ne fonctionnent plus. Je dois être sourde. C'est la seule explication. Maman ? Maman, je t'en supplie. Marche. Claque tes pieds sur le parquet. Maman, ne sois pas morte. Maman ? Je pleure. Je ne te vois pas. Je suis aveugle. Il le faut. C'est la seule explication. Je deviens folle, je hurle, je bois, je tombe, je ne bouge plus. Des heures et des jours sans bouger.
Ma mère ne vient pas. Ma mère est morte.

Je l'ai vue mourir. Elle était dans son lit. Elle était avec moi, du mal à respirer. Le cancer partout en elle. Chaque organe infecté. Elle avait mal. Je lui tenais la main. Elle ne la serrait pas. De moins en moins fort. Jusqu'à ce qu'elle ne serre plus du tout. Plus de bruit. Ma mère était morte. Juste comme ça. En une seconde. Pas une seconde infinie. Non, juste le temps de compter jusqu'à un. Je n'ai pas compté. J'ai senti. Elle n'a plus ouvert les yeux. J'ai regardé son visage. Il était calme. Plus de douleur. Juste la mienne. J'étais toute seule avec ma mère morte et ma douleur.

Le jour où elle a appris que le cancer était de retour, on lui a dit qu'elle allait mourir. Combien de temps ? a-t-elle demandé. Le médecin est resté flou. Peu de temps. Ça ne veut rien dire « peu de temps ». Peu de temps, donc un an, un mois, une semaine ? Peu de temps par rapport à quoi ? Le médecin était désolé. En effet, ma mère a eu peu de temps. Deux mois. Soit un mois et deux semaines après notre danse. J'ai eu un mois et deux semaines. Le temps passe toujours plus vite quand on connaît sa fin. Quand on aimerait qu'il dure. Lentement. Non, un mois et deux semaines. Foudroyant.

Ils sont venus la chercher. Mettre son corps dans un sac, qu'ils ont ensuite refermé et ma mère est partie. Je ne la reverrai plus. Ensuite, il y a eu l'enterrement. Mon père pleurait. Il y avait quelques voisins, ma grand-mère et des anciens copains du lycée. J'ai pensé à son copain Frank, lui aussi parti. Puis à mes grands-parents morts. Des personnes que je ne connais pas. Je me suis dit que si un jour j'avais un enfant, ce serait pareil, il ne connaîtrait pas ma mère. Ils ont descendu le cercueil dans la terre. Ils ont refermé la terre. Ma mère a disparu. Je n'ai pas fait de discours. Je n'ai pas pleuré.

On craint ce moment toute sa vie. Le jour où l'on perd ses parents. On y pense enfant et on pleure dans son lit. On y est, à ce moment tant redouté. Ma mère est morte. Une fois qu'elle est morte, elle sera morte pour toujours. À partir de là, quand je parlerai d'elle, ce sera au passé. Le moment est donc passé. En une seconde. C'est ce à quoi je pensais quand ils pleuraient tous. J'étais celle qui l'aimait le plus et c'était terminé. Vingt-deux ans à avoir peur, à penser à cet instant. Il passe, il ne dure pas. La douleur va rester. Le vide aussi. Mais ce moment, celui où ma mère est morte, est derrière moi. Tout ça pour ça.

39.

Le goût du lard fumé dans la bouche. Je dois manger. Mon père me l'a demandé. Mange, s'il te plaît. Nous sommes chez ma grand-mère. Un plat de choucroute posé sur la table, table recouverte par la nappe en plastique à fleurs. Il y a toujours eu cette nappe. Ma grand-mère me sert. Premier coup de fourchette. Je mange mais je ne mange pas.

Ma grand-mère me pose des questions. Je réponds mais je ne réponds pas. Je parle mais je ne parle pas. Des mots sortent de ma bouche. Ce ne sont pas les miens. Je n'entends pas. Je n'écoute pas. Je ne suis pas là. Juste un corps qui se remplit car on le lui a demandé. Je suis extérieur. Je ne ressens plus. Ne vis plus. Juste un corps. Des organes qui fonctionnent. C'est mécanique. Je ne peux plus être moi. Le moi sans ma mère n'existe pas. Je n'existe pas. Je débranche.

Ma grand-mère habite dans un petit appartement, pas loin de son ancienne maison, dans laquelle elle ne vit plus car trop grande et ma grand-mère trop seule. C'est l'un de ces villages en -ange perdus dans l'Est. Il y a un lavoir, un boulanger, un stade de foot et une pizzeria. Les habitants ont un fort accent lorrain. Ils mettent des « le » et des « la » devant chaque prénom. Beaucoup de vieux. Quelques jeunes qui tiennent les murs du lavoir. Mon père a grandi ici. Ma mère dans un autre village, pas loin. Ils se sont barrés dès qu'ils ont pu pour la ville. J'ai passé beaucoup de dimanches ici, en famille. Ma mère avait horreur de cet endroit. De mauvais souvenirs et sa belle-mère. Mon père, au contraire, aime se balader dans les rues de son enfance. Pas aujourd'hui. Mon père est malheureux. Maman, tu serais rassurée de voir ses yeux tristes. Il t'aimait vraiment. Je crois qu'il regrette à présent de ne pas te l'avoir dit plus souvent.
Ma grand-mère m'embrasse la joue. Trop longuement, trop bruyamment, comme le font les personnes âgées. Je sens son odeur. L'odeur que j'ai fuie. Qui m'a si souvent dégoûtée. Celle du temps qui passe. Cette odeur aigre de peau froissée. Mélange de talc, de parfum qui n'imprègne plus la chair et de vieillesse. De vies passées. Les douches et les gants de toilette ne l'effacent pas. Elle s'incruste dans la peau, dans les draps et chaque pièce de la maison. L'odeur de la mort. De ce contre quoi on ne peut lutter. Elle m'a toujours horrifiée. Je craignais de la retrouver un

jour sur la joue de ma mère. Ma mère ne sera jamais vieille. Je crois qu'elle n'aurait pas supporté cette odeur.

Après le déjeuner, je sors respirer. Je marche dans les rues du village de mon père. Je ne reconnais plus cet endroit. Mes racines, je les ai fuies. Aujourd'hui, je les cherche. Dans chaque maison, jardin, nain de jardin, visage, accent, bouteille de mirabelle et cimetière. Surtout les cimetières. Je viens du ventre de ma mère. Ma mère n'est plus là. Je n'ai plus de racines.

À table, ma grand-mère rapporte la tarte aux pommes. Ma mère la trouvait sèche et fade. Elle avait raison. Je n'ai plus faim. Ma grand-mère prend un air désolé. Elle est plus attristée par ce bout tarte dont je ne veux pas que par la mort de ma mère. Elle fait semblant d'avoir aimé ma mère. Elle invente une nouvelle histoire. Une où elle et sa belle-fille partageaient de bons moments autour de cette même table, de cette même tarte. Je n'y toucherai pas. Je veux rentrer. Mon père ne réagit pas. Il avale sans mâcher le bout de tarte. Sans penser. Mon père ne pense plus. Penser ce serait penser à mère. Ce serait douloureux. Cerveau à l'arrêt. Il fait ce qu'on lui demande. Sa mère lui sert à manger et il mange.

Après le café, mon père va s'affaler dans le fauteuil, pour regarder le match à la télé. Il ne veut pas discuter avec sa mère. Il est fatigué. Ma grand-mère me parle d'avenir. De ce que je vais faire maintenant. J'ai l'impression de trahir ma mère en imaginant un avenir sans elle. Elle me parle de toi, prononce ton prénom. Je ne l'avais pas entendu depuis des semaines. J'ai tenu ma promesse. Je ne suis pas revenue vers toi. Je devais garder mes forces pour ma mère. Pour tenir sa main. Rester auprès d'elle. Continuer à espérer. Je t'ai appelé une fois pour te demander de me laisser tranquille. Te dire que j'avais quitté Paris et que je ne savais pas quand je reviendrais. Tu as pleuré. Tu m'as supplié. Je n'ai pas culpabilisé. J'ai raccroché. C'était facile de te dire tout ça car j'étais loin et que ma mère était là. Mais aujourd'hui, ma grand-mère me parle de toi, ma mère n'est plus là ; je sens quelque chose dans ma poitrine. Ce n'est ni doux ni violent. Comme une petite voix que je n'avais pas entendue depuis longtemps. Ce n'est ni agréable, ni douloureux. C'est vivant.

Ma grand-mère continue avec ses questions. J'ai mal à la tête. Je veux qu'elle arrête de parler. Qu'elle s'éloigne car je ne supporte plus son odeur. L'odeur qui me dégoûte et qui n'incrustera pas la chair de ma mère. Chair qui est en train d'être dévorée sous terre. Pendant que ma grand-mère parle tranquillement de sa tarte aux pommes. Tarte qui trône au milieu de sa nappe en plastique. Ma mère est morte et cette nappe est toujours là. Et la tarte… Et ma grand-mère. Je n'en peux plus. Où est la justice ? Il n'y en a pas. Plus rien à combattre. C'est joué d'avance. Nous sommes des pions. Ma mère s'est fait éjecter de la partie. Je veux quitter le jeu. Du silence. Je veux pleurer. Je n'y arrive pas. J'étouffe, Maman. Je n'éprouve plus rien. C'est mourir, en pire.

Mamie ne se tait pas. Elle me parle du cancer de sa copine Lucienne, le même que Maman. Sauf que Lucienne est en vie, qu'elle a quatre-vingts ans et pas d'enfants. Mon père se retourne, les yeux qui brillent. Il demande à sa mère de fermer sa grande gueule. Jamais il ne lui avait parlé comme ça. Jamais il n'avait pris la défense de ma mère face à la sienne. J'aurais aimé que tu sois là, Maman. Il t'aime. Il te défend. Trop tard… Trop tard. Il le sait. C'est ce qui lui fait le plus mal. Il hurle sur sa mère. En boucle. Ferme ta grande gueule ! Arrête de nous faire chier avec ta choucroute et tes histoires de cancer ! Et les larmes qui coulent sur ses joues. Je l'envie. Il craque. Il lâche. Il t'aime, Maman. Maintenant, il le sait. Ce n'est pas contre sa mère qu'il est en colère. C'est contre lui-même. Je l'arrête avant l'infarctus de Mamie. Je le tire par le bras. On y va, Papa. Je vais embrasser ma grand-mère. L'odeur de ses cheveux, je respire sans crainte. L'odeur n'a pas eu ma mère. Elle ne m'aura pas. Je rassure ma grand-mère. Elle sanglote. Vieille femme seule. La mort est parfois préférable à la vie.

Dans la voiture, je pose la main sur celle de mon père. Il s'affale sur le volant. Klaxon. Il se remet à pleurer. Tellement fort. Il me demande pardon. Il me prend dans ses bras.

Encore pardon. Je le laisse me serrer contre son cœur. Cœur qui cogne. Cœur qui t'appelle, Maman. Je reste silencieuse. Plus que nous deux. J'écoute. Je sens. Je cherche ma famille. En vain. Sans ma mère, mon père n'est plus mon père. Je ne ressens pas d'amour. Un grand vide dans lequel je tombe, sans aucune branche à laquelle m'accrocher. Ce père qui ne m'a pas désirée mais qui m'aime et me serre aujourd'hui m'est étranger. Je suis sa fille. Je suis sa famille. Mais sans ma mère, je suis orpheline.

À la maison, il s'enferme dans son bureau. Je reste sur le tapis. Télé éteinte. Mon reflet, juste le mien. Je cherche une ombre. Juste la mienne. Je deviens ombre. C'est mon fantôme que je regarde. Celle que j'étais. Celle qui avait une mère à aimer. Je reste dans le noir.

Mon père remonte et vient s'asseoir à côté de moi. Il s'excuse à nouveau. Je ne veux plus qu'il s'excuse. Il me demande quand je vais reprendre ma vie. Je n'ai plus ma vie donc je ne sais pas. Il me dit de ne pas m'inquiéter. Je ne m'inquiète pas. Pour m'inquiéter, il faudrait avoir peur mais je n'ai plus peur. Il me dit qu'il est là pour moi. Qu'il m'aime et qu'on va s'en sortir. Il s'allonge à côté de moi. Puis, le silence et le noir.

Il s'endort sur le tapis, contre le souvenir de ma mère.

Je marche dans mon village, celui dans lequel j'ai grandi. Que je refusais de considérer comme le mien mais qui l'était pourtant. Identique à celui qu'il a toujours été. Il m'oppressait car il était une attache. Un commencement. Je viens d'ici. Le point A. Ces maisons comme des cercueils. Je passe devant le fantôme de Jean-Noël. Il n'a plus de visage. C'est terminé. Je n'ai plus peur de lui. Ce n'est plus chez moi. Tout est là et tout a disparu. Je n'ai plus de chez-moi. Je me perds dans ces rues que je connais. Je cherche ma maison. Je veux retrouver mon chez-moi. Celui que j'ai fui et dont j'avais horreur. Je veux à nouveau le détester. Revoir les visages que je méprisais. Il fait noir et je ne retrouve pas ma maison. J'arrive au cimetière du village. Dans le fond, ma mère savait qu'elle finirait ici. Je me couche sur sa tombe. Je ne parle pas. Les morts n'entendent rien. Je caresse la pierre, m'arrête. Les morts ne sentent rien. Les images de son visage. Là, quelque part dans mon cerveau, elle est là. Je ne peux pas la toucher. Juste fermer les yeux. Sans contrôler, je murmure Maman. Quelque chose qui casse à l'intérieur. Crac. Une forte pression. Le barrage contre la douleur se rompt. L'eau qui passe. Qui coule. Qui monte. Son visage de plus en plus proche. Mes yeux restent fermés. Le niveau d'eau, de plus en plus haut. Jusqu'à mes yeux. Une larme qui coule sur ma joue. Qui tombe sur la pierre. Sur la joue de ma mère. Puis une autre, encore une autre. Des milliers. Je sors la tête de l'eau. Bouffée d'air. De solitude. De tristesse. De manque. De peur. Peur de vivre. Plus de larmes. Encore, Maman. Ce n'est plus un murmure. C'est un appel au secours. J'ai passé mes journées anesthésiée. Le cerveau est intelligent. Il veut survivre. Alors la morphine ; la léthargie nourrie de rêves étranges. Dans lesquels je regarde cette petite fille qui tient la main de ma mère, puis celle de son cadavre. Pour finir par caresser la peau froide de cette enfant, inerte, celle que j'étais ; à laquelle je dois dire au revoir. Lâcher cette main. Je m'accroche. Les pieds dans le vide. Je lâche et je tombe. Secousse. Au réveil, un vague souvenir. La mémoire s'efface. Sur cette tombe, je retrouve les images, les sensations. Est-ce toi, Maman ? Je suis terrifiée. Je ne veux pas oublier. Je ne veux pas que le temps m'enlève cette douleur. Ce manque lancinant. Il t'appartient, Maman. Si je le perds, si j'avance, je quitte ma mère. Je ne peux pas. Je me débats. Au-dessus de moi, les étoiles. L'éternité, Maman. N'y va pas. Reste avec moi. À nouveau, son visage. Elle me rassure. Sous mon corps, la chaleur de ma mère qui pénètre ma chair. Là, en moi. Oh Maman, d'accord, je vais me lever. Je vais avancer. Je te promets. Un murmure à la pierre, son oreille : Maman…

Je quitte le cimetière, sèche mes larmes en chemin. Les joues me piquent. Je suis épuisée. Je retrouve le chemin de la maison. Chaque pas me paraît insurmontable. Mais j'y arrive. Devant moi, le portail que j'ai souvent franchi sans y penser. La première fois, quelques jours après ma venue au monde, dans les bras de ma mère. Il est fermé et me paraît plus haut que jamais. Je m'approche. Je l'ai poussé pour quitter la maison, dans la camionnette à côté de ma mère. Je dois à nouveau le pousser. Dans l'autre sens. Je frémis. J'ai froid. Encore un instant. Je m'écroule contre mon portail. Ferme les yeux. Juste un instant, le temps de reprendre des forces.

Les phares d'une voiture m'éblouissent. Un claquement de porte. Un bruit de pas qui s'approchent. Un bruit familier. Mon cœur qui se remet à battre. Je reconnais ces battements. Je comprends alors que la vie n'est pas terminée. Une main sur ma joue. La peau qui se régénère. Frissons. Un silence. Je lève la tête. Soupir et relâchement. Un appel au secours. Maman ne reviendra pas.
Mais toi, tu es là et je n'ai que toi à présent.

40.

Je m'accroche à ton cou. Jusqu'à Paris.
Mon père t'a serré la main, froidement. Démuni, il m'a laissée partir. J'ai dit que je l'appellerais. Je ne sais pas si j'y arriverai. Je le regarde et j'entrevois son fantôme. Je dois quitter ce cimetière. Je dois quitter mon père.
Les paysages qui défilent dans le train. J'ai fait ce chemin une centaine de fois. Aller-retour. Paris-Metz. Ces arbres et ces champs, je les connais. Les mêmes qu'avant. Pourtant aujourd'hui, ils me semblent abîmés, sur le point de tomber. Je m'endors sur ton épaule. Tu me murmures des mots d'amour. Je t'ai tellement manqué. Depuis des mois, tu ne vis plus. Tu es devenu fou. Tu ne supportes pas d'être loin de moi. Tu as pensé à moi chaque jour. Puis, tu as senti mon appel au secours. Tu es venu me sauver. Tu vas t'occuper de moi. Tu vas me faire oublier. Tu veux combler. Remplacer. Tu as toute la place à présent. Plus jamais je ne te quitterai.

Dans mon sommeil, j'entends la promesse faite à ma mère. Ne pas revenir vers toi. Je ne suis pas revenue. C'est toi. La petite voix de plus en plus claire. Chut. Je suis fatiguée. Les nuits sans sommeil. Tu vas m'aider. Devenir mes racines. Je me laisse faire. Mes forces, je les ai données à ma mère. Sous terre à présent. Porte-moi. Nourris-moi. Lave-moi. Frotte. Enlève l'odeur de la maladie. Du silence et de la solitude. Je ne suis plus seule, tu es là.

Tu me ramènes chez toi. Je reconnais les lieux. Le parfum aigre du passé, le corps se souvient. Le cœur qui palpite. Il bat, c'est déjà ça. Trop faible pour résister. Je dois survivre. J'entre. Tu m'allonges dans ton lit. Je sens tes draps. Ils me rappellent mes angoisses. La voix de ma mère. Le danger. Je risque ma vie dans ce lit. Je risque, c'est déjà ça. Tout n'est pas joué. Je suis loin du cimetière et de la terre. Je suis dans tes bras. Ton parfum me revient. Son pouvoir. Je me colle à ta peau. Je dois laisser partir ce qui meurt. Mon village. Mon père. Mon passé. Maman… Je ferme les yeux et retrouve un noir familier.

Des heures et des jours dans ce lit. Je dors. J'ouvre les yeux. Tu es là. Je me rendors. Le temps n'existe pas. Pas d'horloges dans la chambre. Tu les as enlevées. Tu ne me dis pas quel jour nous sommes. J'avance aveugle. Je ne vois que toi. Ton visage est

beau. Tu me dis que tu m'aimes. Plus fort de jour en jour. Quel jour sommes-nous ? Chut. Rendors-toi. Tu me fais prendre mon bain. Je sens mes côtes. Je maigris. Tu me trouves belle. Tu laves mon sexe avec du savon. Puis tu me rejoins et t'allonges sur moi. Tu es léger. Toi aussi, tu maigris. Puis le brouillard. Tes draps. Ta peau. Tout se mélange. Tout se perd. C'est doux. Le manque ne lance plus. C'est calme. Sans couleur ni souvenir.
Par moments, au réveil, je m'agite. Tu me rapportes à boire. Puis, je repars. Les membres qui fourmillent. Cerveau engourdi. Quelques cauchemars de temps en temps. Sursaut. Tu m'allonges sur le dos. Ta voix douce me fait descendre les marches d'un escalier. De plus en plus profond. Tu m'empêches d'ouvrir les portes. Ma mère n'a plus de visage. Je n'entends plus sa voix. Juste la tienne. Tu veux que je dorme. Tu comptes tout doucement. Encore une marche et tout disparaît. Merci mon amour. Tu es mon monde. Ma vie. Je n'ai plus mal.

Sensation étrange dans mon ventre. J'ouvre les yeux. J'entends ton souffle. Sur ma nuque. Mon amour, tu es là. Ventre contre le matelas. Je n'arrive pas à bouger. J'essaye de me rendormir mais je n'y arrive pas. La sensation de plus en plus dérangeante. Peu à peu, mon corps sort de sa léthargie. Le tien sur le mien. Je veux dormir. On m'en empêche. Maintenant, je commence à ressentir la douleur. Quelque

chose me blesse. Me saigne. Loin dans mon ventre, il va chercher. Des mouvements. Va-et-vient. Ta respiration accélère. Je n'ose pas faire entendre la mienne. Tu penses que je dors. Je veux dormir mais je ne peux pas. La douleur m'en empêche et je ne comprends pas. Mon amour, si tu es là : aide-moi. Soigne-moi. J'ai mal. Tu continues. Maintenant tu gémis. Des cris étouffés par la nuit. Je les reconnais. La mémoire se réveille à son tour. Elle se lie au reste. À présent, je comprends. Je ne bouge pas. Même si je le voulais, je ne sais pas si je le pourrais. Je suis si faible. Je crois que je pleure, que mes yeux sont ouverts. De plus en plus rapide. Le corps étranger durcit. Il cogne, râpe, déchire. Jusqu'au dernier gémissement. Ta main qui froisse l'oreiller. Et la libération… Et l'écoulement entre mes jambes. Mon sexe se vide. Sexe volé. Sexe mutilé. Tu t'allonges à mes côtés. Ta respiration est calme à présent.
Mon amour, cette nuit, tu m'as violée.

Je ne ferme pas les yeux. J'attends le jour derrière les rideaux. Première lueur, tu te lèves. J'entends la porte de la salle de bains. Le placard à pharmacie. L'eau qui coule. Tu reviens habillé avec un verre d'eau. Tu me fais boire. J'avale. Tu as un rendez-vous, tu reviens vite. Tu m'embrasses le front. Je repose ma tête sur l'oreiller. Laisse aller. La porte d'entrée claque. Il fait bon dans ce lit. C'est tiède, confortable. Dehors c'est froid et violent. Ici, je ne vois pas. N'entends pas. Je flotte. Tu vas revenir bientôt. Et ta peau contre la mienne. Ton odeur. Ton souffle. Ton souffle…

Sursaut.

Ma main qui descend à mon sexe. Les poils pubiens collés les uns contre les autres et ce liquide séché sur la peau de mes cuisses. Secousse à l'intérieur. Je lutte contre le sommeil. Je dois me lever. Je m'accroche à la table de nuit. Fracas. La lampe de chevet en miettes. Je rampe. Mes mains entaillées laissent des traces. Encore un effort. Mes jambes ne répondent plus. Mes bras, allez chercher plus loin. Je pousse la porte. La lumière m'éblouit. Des étoiles partout. La tête qui tourne, qui veut partir.

Résiste.
Pitié, résiste.

La voix dans mon ventre me pousse. J'arrive à la salle de bains. Les toilettes à quelques centimètres. Je m'y accroche. Trouve de la force je ne sais où. Les doigts viennent s'enfoncer dans ma gorge. Allez, s'il te plaît. Le corps comprend. L'estomac se contracte. Plus fort. Il se vide. L'eau ressort de ma bouche. Celle que tu m'as fait boire. Allez encore. Il ne doit plus rien rester. Des spasmes à présent. Plus rien à cracher. J'attends de retrouver le contrôle de mes jambes. Une heure, peut-être deux. Je tiens debout. L'impression de ne plus savoir marcher. Je bois au robinet. Rince ma bouche. Puis mon sexe que tu laves tous les jours. L'ouverture est plus large. C'est irrité. Combien de nuits comme celle-là ? Des tubes de somnifères dans les étagères. L'un est presque vide. Le goût amer dans ma bouche. Tout fuse. Je ne te quitterai plus jamais, tu m'as prévenue. Je n'ai pas entendu.

Dans le salon, je trouve mon sac. Fermé. Rangé. Sur ton bureau, je trouve mon manuscrit. Tu l'as imprimé. Puis déchiré. Mon ordinateur, cassé. Puis, Sam, les yeux arrachés. Mon ami, je suis là. Pardonne-moi. Je panique. Tu vas revenir. Tu reviens toujours. Tu vas être en colère. Une force m'envahit. Je dois partir. Me sauver. Je ne réfléchis pas, je survis. Survivre partout dans mon corps. Je m'habille. Je prends Sam. Je ne trouve pas les clés de mon studio.

Panique.

Vite… Allez. Réfléchis. Je fouille. Elles sont dans la poche avant de mon sac, là où je les avais laissées. Bien… J'abandonne le reste.

Il fait beau dehors. Je me glisse dans la foule. Je frôle ses passants. Là où tu ne me trouveras pas. Je renifle l'air, pour capter la moindre odeur. Comme un animal traqué. Je croise mon reflet, que je ne reconnais pas. Qu'est-ce qui m'est arrivé ? Qu'est-ce que tu m'as fait ? Je ne parle à personne. J'ai peur d'être suivie. Que ce passant soit ton espion. Je te vois partout. Nulle part. Je deviens folle. J'entends ta voix. Tu es derrière moi. Je me tourne mais tu n'es pas là. Je cours plus vite. Je bouscule et me fais bousculer. Je tombe parfois. J'ai du sang sur les mains, des bouts de verre incrustés dans ma chair. Je ne sens rien. Les yeux braqués sur moi. Je fais peur ; j'ai peur. Je ne dois pas m'arrêter. Je traverse la Seine. Je reprends mon souffle sous les ponts.

Un deux trois.

Je repars. Je fatigue. Mes jambes de plus en plus lourdes. Le soleil se couche. Je cache mon visage. Tu ne me vois pas. Je suis invisible. Je m'assois sur un trottoir. Fin de la course. Le cœur ralentit. Je reprends mes esprits. La panique se dissout dans l'obscurité. Les lampadaires sont allumés. Il ne fait jamais nuit noire à Paris.
Je réalise que je suis à Paris. Que j'ai été droguée et violée pendant des jours et des jours. Mon reflet le prouve. Je me fais peur. La conscience en marche. Elle m'explique, me raconte l'histoire. Tu n'as pas supporté d'être quitté. Abandonné. Tu as haï ma mère. Seul rempart entre nous. Le monstre a grandi en toi. Tu as souhaité sa mort ; ma mère est morte.

Maman, pardonne-moi.
Tu as pensé à ce jour. Celui où tu viendrais me chercher. Tu as attendu que le vide s'installe. Que je me sente seule au monde. Tu as espéré ce moment. Celui où je t'appartiendrais pour toujours. Puis j'étais dans tes bras. Tu avais peur de me perdre à nouveau. Tu ne supportais pas cette idée. Tu as inventé une nouvelle histoire. Une où tu t'occupais de moi, m'aimais comme un fou, me faisais l'amour toutes les nuits pour être toujours plus proche de moi. Jusqu'à devenir moi. Ton nom à la place du mien.
Maman, pardonne-moi.
J'enlève les mains de mon visage. Qu'est-ce que j'ai fait ? Maman, qu'est-ce que j'ai fait ?
Maman, pardonne-moi.

J'entends mon prénom. Ce n'est pas ta voix. Je me retourne et retrouve le sourire d'un ami. Kamal est sur le trottoir d'en face. Comme une vision. La lumière dans son sourire et sa cicatrice. L'espoir, oui, c'est lui. Pourquoi me suis-je arrêtée sur ce trottoir ? Non, je ne crois pas au hasard. Survivre, oui c'est ça. Je regarde les étoiles. Maman, c'est toi ? Kamal m'aide à me relever. Il me conduit dans son restaurant. Personne à table. Une odeur de fromage. Un Tamoul qui fait des raclettes. Je me souviens. Il me sert à boire. Un Coca frais. Je bois et je retrouve le goût. Kamal me demande ce qui m'est arrivé. S'il doit appeler quelqu'un. Non, surtout pas. Je tremble. « Tout doux » avec son accent.

Tout va bien. Il me sourit et tout va déjà mieux. Il me prépare à manger, me coupe les pommes de terre en petits morceaux. Je ne parlerai pas, il le comprend. Il connaît ce regard. Il sait, lui qui a vécu la guerre et dans la peur. Il devine. Sa cicatrice n'a pas toujours souri. Elle a beaucoup saigné. Elle a fait mal au plus profond. Et c'est au plus profond qu'il était. Il est remonté à la surface. S'il n'est pas mort là-bas, c'est pour devenir plus fort. Il me promet que moi aussi, je vais trouver cette force. Il retire les bouts de verre de la paume de mes mains. Il est habile, des doigts de bijoutier. Je le remercie. Il va chercher des pansements et finit le travail.

Je suis épuisée. Il me propose de dormir chez lui. Je refuse. Je veux rentrer à mon studio. Celui dans lequel tu n'es jamais entré. Désert depuis des mois. Sans trace de sang. Je vais ouvrir la porte. Fermer ma porte. Peut-être que je me sentirai chez moi. J'aurais peur. J'aurais peur partout. Serrer Sam. Je vais me laver. Prendre un bain. Jeter mes vêtements. Pour en mettre de nouveaux. Retrouver mon lit. Mes draps qui n'ont ni marque ni odeur. Puis me relever. Ouvrir la porte et sonner chez Lucien. Qui sera là car il doit l'être. Et peut-être qu'à lui je parlerai. À lui qui vit entre les morts et les vivants. À lui qui sait qui je suis. Kamal me raccompagne chez moi. Il me serre fort, et murmure des prières à mon oreille. Il veille sur moi. Encore un sourire. Merci, Kamal. Ce soir, tu m'as sauvée.

41.

Ouverture des portes de l'ascenseur.
Mes pas dans le couloir.
La clé dans la porte.
Le bain qui se remplit.
Mes vêtements sur le sol.
Les marques sur mon corps.
Mon visage dans le miroir.
Mon corps nu sur le tapis du salon.
Le bruit de l'eau qui coule.
Caresse le tissu du canapé.
Expiration, relâchement et courbatures.
Le bain va déborder.
Appui sur le canapé.
Jambes qui vacillent.
La main sous le canapé qui attrape mes pieds.
La chute contre la table basse.
À nouveau du verre sur le sol.
Coupure. Noir.
Les étoiles… L'éternité.

42.

En apnée. Plus d'air. De l'air. Flash. Réveil. J'ouvre les yeux sur ton visage. Tu es au-dessus de moi. Tes yeux. Puis, ta voix toute douce. Puis tes mains autour de mon cou. Je cherche de l'air. Crier. Plus de voix. J'étouffe. Les veines qui gonflent. Le cœur boum. Les jambes s'agitent. Mes mains sur les tiennes. Je tire. Flash. Tout en accéléré. Mon amour, tu ne lâches pas. Moi, petit à petit. Mon corps ne répond plus. Seuls mes yeux. Je te vois. Alors, ce sera ma dernière image. Toi, ma vie. Mon monde. À jamais.

Alors tu gagnes. Alors, je perds. Alors je quitte la terre. L'éternité… oui c'est ça. L'infini. Plus de temps. J'arrive. Ma vision se trouble. Ton visage disparaît dans le brouillard. J'ai froid. Je suis née en décembre et j'ai froid. Je ne peux plus bouger. Les mains se desserrent. Tu me laisses pour morte. C'est terminé.

Le noir.

Des visages dans le noir. Celui de Maman. Ses lèvres bougent. Je n'entends pas. Derrière elle, les fantômes de l'éternité. Maman parle plus fort. Sa main dans la mienne. À mon oreille, elle murmure « Reviens ». Le visage de cet enfant bizarre dans la cour de récréation. Prête au combat. Sam sur le sol. Il m'appelle. Vitesse lumière. Lucien me sert un whisky. Barbara chante. Le sourire de Kamal. Les tournesols. La Belle qui danse comme un soleil. Le rythme qui revient. Pedro et ses yeux bleus. « Space Oddity » et je décolle. Anne reprend une tasse de thé. Les bras de mon père, qui m'aime et qui a besoin de moi. De l'amour. Oui l'amour qui grandit. La chaleur de Maman. Mes doigts qui courent sur le clavier. La dernière leçon de combat. L'amour, oui c'est ça. Je dois continuer à le faire vivre. Je dois me battre. Je quitte le monde de l'entre-deux.

Hajime.

L'ennemi de dos. De l'air. Inspiration. Je plonge. Flash. En arrière. Là où le présent débarque. Là où la guerre est déclarée. Je trouve ma force. Je me redresse. Le verre partout sur le sol. Un bout tranchant dans ma main, qui rouvre mes blessures. Libère ma colère. Ma soif de vivre. Car oui je vais vivre. La fin n'est pas là. Je dois encore l'écrire. Alors, je fonce. J'écris cette fin. Et je plante. Sans fin. J'enfonce plus profond. Et je sens la force en moi. La rage. Ces

deux ans à avoir peur. Les minutes qui défilent, qui deviennent des jours et des mois sans que je contrôle rien. La culpabilité. Mémoire transformée. La petite voix qui savait. Lucidité. Elle résonne à présent. Présent : oui, il est là. Au bout de cette lame. Vivre au présent. Parmi les vivants. Se souvenir d'où je viens. Je ne saurai peut-être jamais qui je suis. Car c'est ça la vie. Chercher la vérité.
La vérité à cet instant. L'ennemi se retourne. Je lâche tout. L'ennemi c'est toi. Mon amour. Toi que j'ai aimé. Toi qui m'as touchée. Toi en moi. Toi que j'ai admiré. Toi qui m'a fascinée. Poussée. Enfoncée. Enfermée. Étranglée. Hypnotisée. Manipulée. Violée. Tuée. Toi, mon amour. Toi, le monstre qui m'a rendue monstre. Toi qui m'a révélée. Tu tombes sur le sol. Le sang qui se répand. Souvenir du premier soir. La couleur de tes lèvres, partout sur le sol. Ton visage, lisse et parfait. Tu me regardes. Je tombe à tes côtés. Caresse ta joue. Prends ta main. Tu me regardes.

Alors c'est ça l'Amour ? Dernier baiser.

Puis la porte qui tombe sur le sol. La voix de Lucien. D'autres voix. Venez les amis. Venez contempler mon œuvre. Je suis mouillée. Je baigne dans l'amour. Des bras me soulèvent et nous séparent. Je lâche ta main. Dernier regard.
Je débranche.

43.

Le soleil tape sur ma peau à travers la vitre du café *Zéphyr*. Mon reflet sur l'écran de l'ordinateur. Puis d'autres visages. Le serveur m'apporte mon chocolat. Il me demande le sujet de mon livre. Le sujet ? Inconnu. Il fronce les sourcils. Il ne semble pas satisfait par ma réponse. Moi, si. Il retourne derrière son bar. À nouveau les visages sur mon écran. Je détourne le regard, laisse l'éternité à sa place. Le seul moyen de la protéger est de l'éviter. Afin qu'elle dure encore et encore. Afin d'écrire cette histoire. Je tape la dernière phrase sur mon clavier. Dernier bruit de touches. Les visages disparaissent. La différence entre un livre et la vie ? À la fin du livre, ma vie continue. Je ferme mon ordinateur.

J'écris. Voilà ce que je suis. Je suis extraordinaire et ce n'est qu'un début. Je me lève et me dirige vers la sortie. Vers un nouveau sujet.

Imprimé en France par CPI
en juillet 2018

*Composition réalisée
par Rosa Beaumont*

MIXTE
Papier issu de
sources responsables
FSC® C003309

L'Éditeur de cet ouvrage s'engage
pour la préservation de son environnement
et utilise du papier issu de forêts gérées de manière responsable.

N° d'édition : 57219/01
N° d'impression : 146828